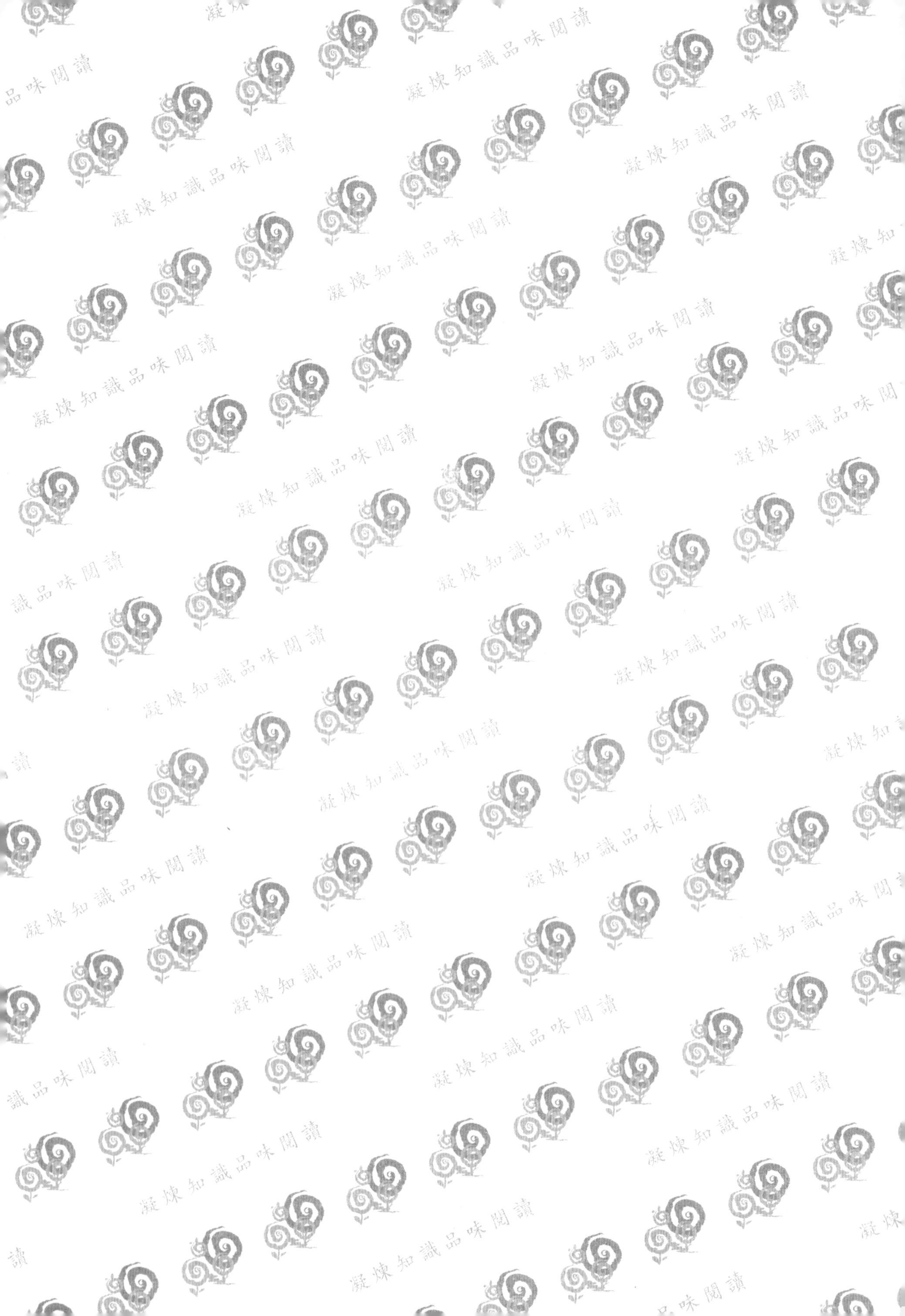

凝煉知識品味閱讀

黃女玲 著

多場面機能
日本語會話 I

國立高雄餐旅大學
五南圖書出版公司 印行
本書經「國立高雄餐旅大學教學發展中心」學術審查通過出版

前言 Preface

本書專為日語之初級學習者所編。有異於目前一般坊間常見的單一語體表達之教科書模式。針對日本社會依照談話者之間的上下、親疏、恩惠、場合等因素考量，採不同說話語體來表達的特殊需要。本書的會話文會同時用 3 種語體呈現。讓學習者可以同時比較及快速理解，同一主題的說話者遇到不同談話對象時，雖是相同的會話主題內容，卻有不同方式的表達。

本書有 12 單元。從 50 音及基礎發音開始，雖為會話用書但也同時注重文法及句型的循序漸進學習。同一會話文採「普通體」「丁寧體」「敬體」的 3 種方式呈現。學習者可依需求同時習得 3 種表達方式，亦可選擇其中 2 種自己所需的表達方式學習。使用本教科書，可幫助學習者理解並解除「為什麼日語教科書上寫的和日本電視節目、連續劇裡講的話不一樣？」、「這麼正式的場合我的說話得體嗎？」、「面對客人或面試時我的表達如何加分？」等的困擾及疑惑。另外在卷末，還提供了共計 14 週之「每週必背單字 50 個」。期待學習者在學習本書的同時可補充到日語檢定 N5 級的單字。

期許透過本書的學習，能迅速讓您的日語表達更貼近日本社會的需要。得體的日語表達，能幫助您將來在職場或與日本人溝通時無往不利。

編者

目次 Contents

登場人物

1. 祖父：田島慎太郎（85 歳）
2. 祖母：田島泉（80 歳）
3. 母：町子（60 歳、お母さん）
4. 父：田島慎一（65 歳、お父さん）
5. 長男：隆（32 歳の商社マン）
6. 長女：愛子（25 歳のデパートの店員）
7. 営業部長：福原さん（45 歳、隆の男の上司）
8. 副社長：中井さん（55 歳、隆の女の上司）
9. 課長：大田さん、（38 歳、愛子の上司）
10.販売部長：吉本さん（40 歳、愛子の男の上司）
11.デパートの支店長：渡辺さん（50 歳の女性愛子の上司）
12.同僚：松下さん、（32 歳、隆の会社の男の同僚）
13.同僚：池田さん、（31 歳、隆の会社の女の同僚）
14.同僚：上野さん、（27 歳、愛子のデパートの男の同僚）
15.同僚：梅田さん、（28 歳、愛子の同僚）
16.先輩：北野さん、（32 歳、愛子の男の先輩）
17.同僚：岡村さん（28 歳愛子の女の同僚）
18.客１：理恵さん（75 歳の郊外に住むおばあちゃん）
19.客２：義博さん（80 歳の都心に住むおじいちゃん）

❶ 五十音と基礎発音

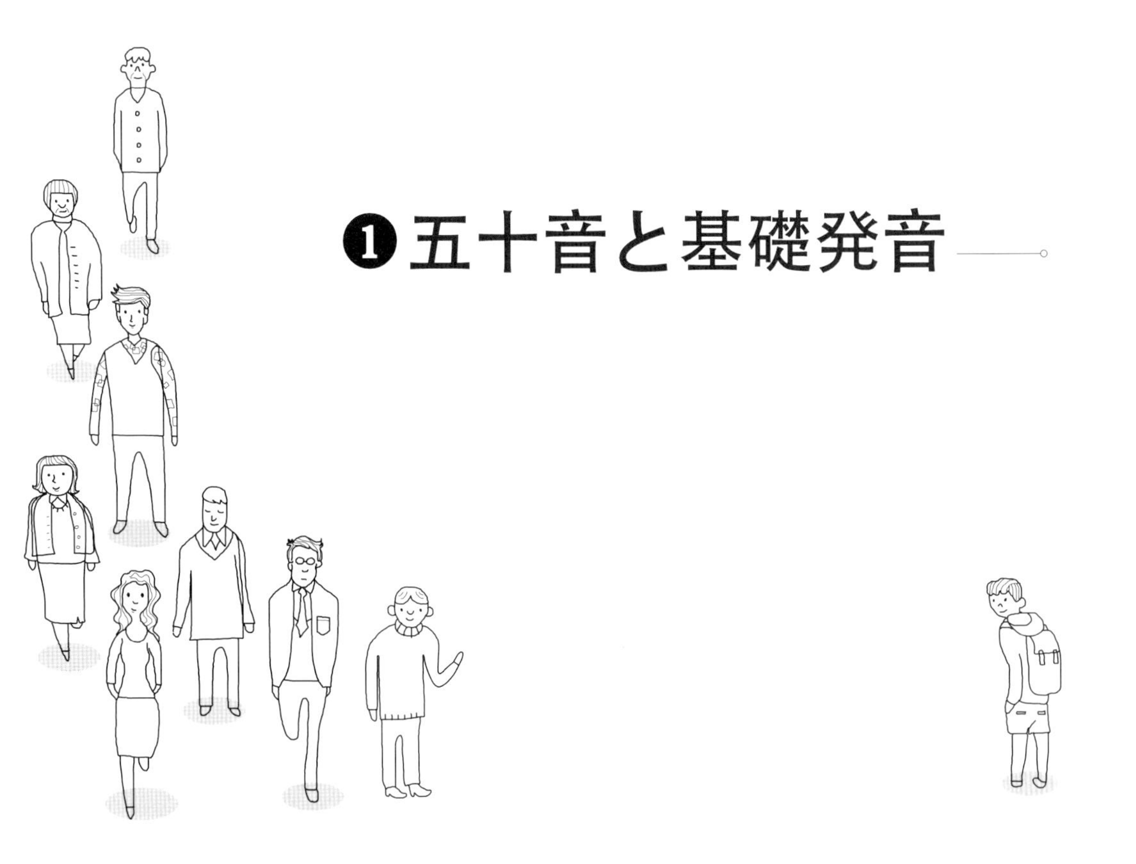

五十音（平仮名）

1-1

あ a	か ka	さ sa	た ta	な na	は ha	ま ma	や ya	ら ra	わ wa	ん n
い i	き ki	し si	ち chi (ti)	に ni	ひ hi	み mi		り ri		
う u	く ku	す su	つ tsu(tu)	ぬ nu	ふ fu(hu)	む mu	ゆ yu	る ru		
え e	け ke	せ se	て te	ね ne	へ he	め me		れ re		
お o	こ ko	そ so	と to	の no	ほ ho	も mo	よ yo	ろ ro	を wo	

※ローマ字の（）は訓令式

濁音と半濁音

1-2

濁音				半濁音
が ga	ざ za	だ da	ば ba	ぱ pa
ぎ gi	じ zi	ぢ di	び bi	ぴ pi
ぐ gu	ず zu	づ du	ぶ bu	ぷ pu
げ ge	ぜ ze	で de	べ be	ぺ pe
ご go	ぞ zo	ど do	ぼ bo	ぽ po

拗音

1-3

きゃ kya	しゃ sya	ちゃ tya	にゃ nya	ひゃ hya	みゃ mya	りゃ rya	ぎゃ gya	じゃ jya,zya	ぢゃ dya	びゃ bya	ぴゃ pya
きゅ kyu	しゅ syu	ちゅ tyu	にゅ nyu	ひゅ hyu	みゅ myu	りゅ ryu	ぎゅ gyu	じゅ jyu,zyu	ぢゅ dyu	びゅ byu	ぴゅ pyu
きょ kyo	しょ syo	ちょ tyo	にょ nyo	ひょ hyo	みょ myo	りょ ryo	ぎょ gyo	じょ jyo,zyo	ぢょ dyo	びょ byo	ぴょ pyo

※ワープロ処理をするときは上記のローマ字を使用します。

促音（そくおん）（っ）1-4

練習例

切手「きって」（kitte）
学校「がっこう」（gakkou）
雑誌「ざっし」（zassi）
三つ「みっつ」（mittu）
一杯「いっぱい」（ippai）
喫茶店「きっさてん」（kissaten）

長音（ちょうおん）1-5

練習例

お母さん「おかあさん」（おかーさん）
お兄さん「おにいさん」（おにーさん）
東京「とうきょう」（とーきょー）
お姉さん「おねえさん」（おねーさん）
大きい「おおきい」（おーきー）

撥音（はつおん）（ん）1-6

練習例

練習「れんしゅう」（rensyuu）
三人「さんにん」（sannnin）
新聞「しんぶん」（sinbun）
日本「にほん」（nihon）
一分「いっぷん」（ippun）

日本語（にほんご）のアクセント 1-7

平板：にわ、なまえ、にほんご
頭高：ほん、てんき、らいげつ
中高：なつやすみ、ひこうき、せんせい
尾高：くつ、やすみ、おとうと

日本語（にほんご）のイントネーション 1-8

例 1：あした　友達（ともだち）と　東京（とうきょう）へ　行（い）きます。（→）

例 2：コーヒーを　飲（の）みませんか。（↗）

例 3：今日（きょう）は暑（あつ）いですね。（↘）

Note

❷彼は誰?

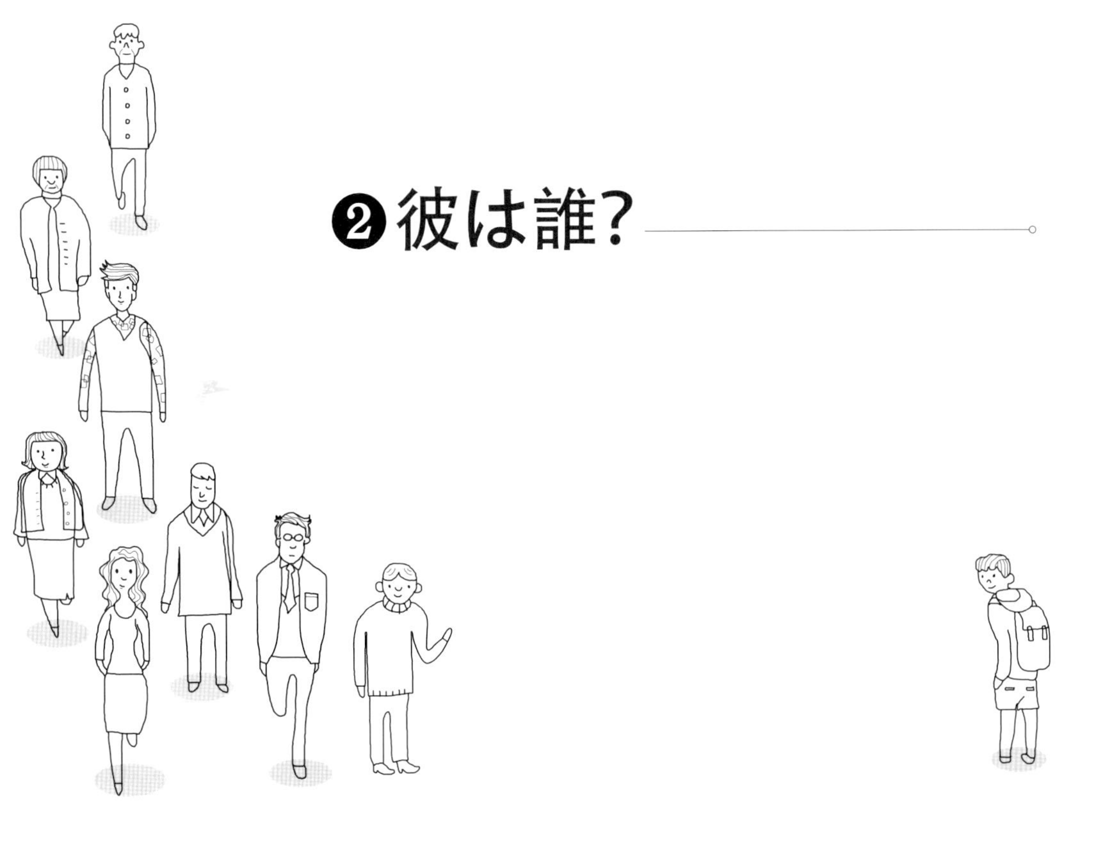

2-1

文中単語

この＋名詞（指示連體詞）：指距離自己較近的事物

その＋名詞（指示連體詞）：指距離對方較近的事物

あの＋名詞（指示連體詞）：指距離說話者及聽話者雙方都很遠的事物

どの＋名詞（指示連體詞：用於詢問「哪個～」時

誰（疑問代名詞）：誰

僕（代名詞）：我、女生不可使用

あ（感嘆詞）：用於驚訝或感動時

そう（副詞）：用於同意對方說法時

（感嘆詞）：用於肯定或反問對方或半信半疑的心情或表示感動的心情時

おじいちゃん（代名詞）：暱稱自己的祖父時

おばあちゃん（代名詞）：暱稱自己的祖母時

だ（助動詞）：表肯定，是「です」的普通體講法

ねぇ（感嘆詞）：比「ね」更強烈的語氣，可用於呼喚對方引起對方注意時

えっ（感嘆詞）：用於吃驚時

じゃ（接續詞）：那麼的話

は（助詞）：用來提示主詞

ちゃん（接尾詞）：用來接在親人稱謂或親暱好友名字後

人（名詞）：人

よ（語尾感嘆助詞）：用於強調時

文型
①～だ。 ②～は？ ③疑問詞？

文中単語

祖父（稱謂）：祖父；祖

父（稱謂）：家父；母（

兄（稱謂）：家兄；姉（

妹（稱謂）：妹妹；弟（

私（代名詞）：我，稱自

あなた（代名詞）：你，

さん（接尾詞）：可接人

敬稱

おじいさん（稱謂）：尊

おばあさん（稱謂）：尊

父さん（稱謂）：尊稱父

母さん（稱謂）：尊稱母

兄さん（稱謂）：尊稱兄

お姉さん（稱謂）：尊稱

あら（感嘆詞）：用於驚

文型
①～は～です。（肯定） ②～は～ですか。（疑

會話 2-3

場面設定： 上司(じょうし)と家族(かぞく)の写真(しゃしん)を見(み)る（上司(じょうし)との会話(かいわ)）

登場人物： （女性(じょせい)の上司(じょうし)の中井(なかい)　　社員(しゃいん)の隆(たかし)）

会話本文

中井：あの、この方(かた)はどなたですか。

隆：　あっ、この人(ひと)ですか。その人(ひと)は祖父(そふ)です。

中井：ああ、そうですか。じゃ、この方(かた)はどなたですか。

隆：　その人(ひと)は父(ちち)です。

中井：じゃ、この方(かた)はどなたですか。

隆：　その人(ひと)は私(わたくし)です。

中井：じゃ、この方(かた)は？

隆：　その人(ひと)は祖母(そぼ)です。

中井：お母様(かあさま)はどの方(かた)ですか。

隆：　母(はは)はこの人(ひと)です。

會話 2-1

場面設定：家族の写真を見る（兄 妹 の会話）

登場人物：（妹 の愛子　　兄の 隆）

会話本文

愛子：ねぇ、この人、誰？

隆：　えっ、この人？　おじいちゃん。

愛子：あ、そう。じゃ、この人は？

隆：　その人はお父さんだよ。

愛子：じゃ、この人は？

隆：　その人は僕だよ。

愛子：じゃ、この人は？

隆：　その人はおばあちゃんだよ。

愛子：お母さんはどの人？

隆：　お母さんはこの人だよ。

會話 2-2

場面設定：会社で家族の

登場人物：（女性の同僚の

会話本文

池田：ねぇ、この人は誰です

隆：　えっ、この人ですか。

池田：あら、そうですか。じ

隆：　その人は父です。

池田：じゃ、この人は誰です

隆：　その人は僕です。

池田：じゃ、この人は？

隆：　その人は祖母です。

池田：お母さんはどの人です

隆：　母はこの人ですよ。

2-2

（稱謂）：祖母

稱謂）：家母

稱謂）：姐姐

稱謂）：弟弟

己時使用

稱對方時使用

名、職稱、地名、寺廟等之後表

稱祖父

稱祖母

親

親

長

姐

呼時

用)

2-3

文中単語

私（わたくし）（代名詞）：我，比わたし更鄭重的說法

様（さま）（接尾詞）：加在人名後表尊稱

様（さま）（稱謂）：用於尊稱他人或自己祖父

様（さま）（稱謂）：用於尊稱他人或自己祖母

父様（とうさま）（稱謂）：用於尊稱他人或自己父親

母様（かあさま）（稱謂）：用於尊稱他人或自己母親

方（かた）（名詞）：計算人數時用的「位」

どなた（代名詞）：「だれ」的尊敬語

あの～（感嘆詞）：用於話題停頓或開始談話時的連接時

あっ（感嘆詞）：用於吃驚或感動時

ああ（感嘆詞）：用於驚喜、悲傷或回應對方時

補充単語

俺（おれ）（代名詞）：男生在同輩或晚輩前稱呼自己時

きみ（代名詞）：用於男生稱呼和自己親近的對方或比自己年少的人

前（まえ）（代名詞）：用於男生親密稱呼和自己同輩的人或比自己年少的人

彼（かれ）（代名詞）：他，亦可為男朋友之意

彼女（かのじょ）（代名詞）：她，亦可為女朋友之意

＊國名：台湾（たいわん）：台灣；日本（にほん）：日本；中国（ちゅうごく）：中國；韓国（かんこく）：韓國

＊職業名：会社員（かいしゃいん）：上班族；事務員（じむいん）：辦公人員；医者（いしゃ）：醫生；教師（きょうし）：老師；学生（がくせい）：學生

練習問題

練習一 自己紹介

例こんにちは、はじめまして、

私は＿＿＿＿です。どうぞ、よろしく。

⇒ 私は＿＿＿＿です。よろしくお願いします。

⇒ 私は＿＿＿＿と申します。どうぞ、よろしくお願い致します。

⇒ 私は＿＿＿＿と申します。どうぞ、よろしくお願い申し上げます。

練習二 人を紹介する

1. この方は ＿＿＿さん、（様）です。

2. こちらは ＿＿＿さん、（様）です。

練習三 次の会話を完成しましょう。（完成以下會話）

A：您好，初次見面，我是田中。請多指教。

B：您好，我姓黃，請多指教。這一位是？

A：這一位是我的妹妹櫻子。

C：您好，我是櫻子，是田中的妹妹。請多指教。

B：我姓黃，請多指教。

解答

A：こんにちは、はじめまして、田中です。どうぞ、よろしくお願いします。

B：こんにちは、黄です。どうぞ、よろしく。この方は…？

A：妹の桜です。

C：こんにちは、桜です。田中の妹です。どうぞ、よろしくお願い致します。

B：黄です。どうぞ、よろしく。

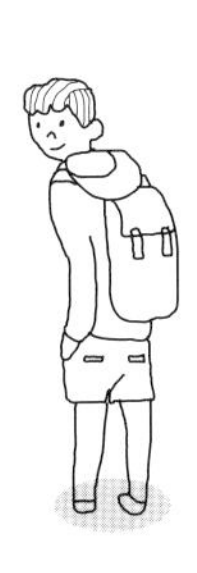

練習四 次(つぎ)の文(ぶん)をより丁寧(ていねい)な言(い)い方(かた)に直(なお)しましょう。
（請將以下會話用更有禮貌的語體表達）

例 あの人(ひと)、だれ？

解答 あの人(ひと)はだれですか。

1. この人(ひと)、だれ？

解答 ______________________

2. きみ、だれ？

解答 ______________________

3. あの人(ひと)は山田(やまだ)さんのおじいさんだ。

解答 ______________________

4. 僕(ぼく)は学生(がくせい)だ。

解答 ______________________

5. あの人(ひと)はだれですか。

解答 ______________________

文法說明

1. 「は」

助詞「は」表示主題。所謂主題就是後面要敘述的對象，或判斷的對象。而這個敘述的內容或判斷的對象，只限於「は」所提示的範圍。在普通體的說話方式則可被用於簡略的疑問。

例 A：私はコーヒー、あなたは？（我喝咖啡，你呢？）
B：私もコーヒーをお願いします。（也麻煩給我咖啡吧！）
A1：山田さんは大学生で、福岡さんは？
（山田是大學生，福岡呢？）
B1：福岡さんは院生です。（福岡是研究生。）

2. 用在句尾的「…です。」為肯定，表示對主體的正面敘述及判斷。
「です」是有禮貌的說法。普通體的說法可用「だ」來表示。

例 A：私は学生です。（我是學生） 亦可說為 僕は学生だ。

B：今日は良いお天気です。（今天是好天氣）

亦可說為 今日は良いお天気だ。

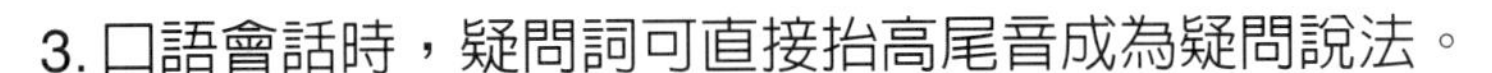

3. 口語會話時，疑問詞可直接抬高尾音成為疑問說法。

例 A：これ、なに？（這是什麼？）

B：今、何時？（現在幾點？）

4. 比較有禮貌的肯定疑問句是在句尾加「か」。

例 A：この時計はいくら？（這個多少錢？）

⇒この時計はいくらですか。

B：この時計は日本製？（這個錶是日本製的。）

⇒この時計は日本製ですか。（這個錶是日本製的嗎？）

5. 在別人面前說自己的姓名、介紹或提到自己的家人時不能加「さん」。

例 A：私は陳です。よろしくお願いします。（敝姓陳，請多指教）

B：妹の桜です。よろしくお願いします。（這是家妹小櫻，請多指教）

C：伯父は医者です。（我伯父是醫生）

D：お父さんは数学の先生です。（×）

⇒父は数学の教師です。（○） 家父是數學老師。

注：「先生」是對別人的敬稱，講自己或家人的職業時要說「教師」。

6. この／その／あの／どの＋名詞。

這是一組指示連體詞。連體詞和代名詞的不同在於連體詞後面必須接名詞。

「この」（這…）指離說話者近的事物。

例 このかばんは可愛いですね。（這個書包很可愛）

「その」（那…）指離聽話者近的事物。

例 その教科書はあなたのですか。（那本教科書是你的嗎？）

「あの」（那…）指離說話者及聽話者雙方範圍外的事物。

例 あの車は格好いいです。（那輛車真帥氣）

「どの」（哪…）表示不確定的事物，用於疑問時。

例 どの人が岡村先生ですか。（哪一位才是岡村老師呢？）

Note

❸ これ、何？ いくら？

3-1

文中単語

これ（代名詞）：指距離自己較近的事物
それ（代名詞）：指距離對方較近的事物
あれ（代名詞）：指距離説話者及聽話者雙方都很遠的事物
どれ（代名詞）：用於詢問在某範圍之内的事物中的「哪個？」時
いくら（疑問詞）：多少錢
携帯電話（名詞）：手機
～製：～製
円：日本的貨幣單位
国産：國產
も（助詞）：也
うん（感嘆詞）：表了解、承諾
ううん（感嘆詞）：表否定

文型
①名詞？（疑問）
②～じゃない。（否定）

文中単語

はい（感嘆詞）：是、是
いいえ（感嘆詞）：不、

文型
①はい、～です。（肯
②いいえ、～じゃないて

會話 3-3

場面設定：百貨店(ひゃっかてん)で客(きゃく)と携帯(けいたい)について話(はな)す
（客(きゃく)との会話(かいわ)）

登場人物：（お客様(きゃくさま)の義博(よしひろ)さん　店員(てんいん)の愛子(あいこ)）

会話本文

義博：これは何(なん)ですか。

愛子：そちらでございますか。携帯(けいたい)でございます。

義博：いくらですか。

愛子：３，０００円(さんぜんえん)でございます。

義博：それは何(なん)ですか。

愛子：こちらも携帯(けいたい)でございます。５，０００円(ごせんえん)でございます。

義博：それは国産(こくさん)ですか。

愛子：はい、日本製(にほんせい)でございます。

義博：あれも日本製(にほんせい)ですか。

愛子：いいえ、あちらは日本製(にほんせい)ではございません。

會話 3-1

場面設定：家で携帯電話について話す

（家族内の会話）

登場人物：（兄の隆　妹の愛子　）

会話本文

隆　：これ、何？

愛子：それ？　携帯。

隆　：いくら？

愛子：３，０００円。

隆　：それは？

愛子：これも携帯、５，０００円。

隆　：それ、国産？

愛子：うん、日本製。

隆　：あれも？

愛子：ううん、あれ、日本製じゃない。

會話 3-2

場面設定：仕事場でにつ

登場人物：（男性の同僚

会話本文

上野：これは何ですか。

愛子：それですか。携帯です

上野：これはいくらですか。

愛子：それは３，０００円で

上野：それは何ですか。

愛子：これも携帯です。５，

上野：それは国産ですか。

愛子：はい、日本製です。

上野：あれも日本製ですか。

愛子：いいえ、あれは日本製

3-2

J

不是

回答)

す。（否定回答)

3-3

文中単語

こちら（代名詞）：指距離自己較近的方向或事物

そちら（代名詞）：指距離對方較近的方向或事物

あちら（代名詞）：指距離說話者及聽話者雙方都很遠的方向或事物

どちら（代名詞）：指不特定的方向或場所

補充単語

普通名詞：

鞄（かばん）：包包	傘（かさ）：雨傘	椅子（いす）：椅子
本（ほん）：書	机（つくえ）：桌子	雑誌（ざっし）：雜誌
鉛筆（えんぴつ）：鉛筆	時計（とけい）：時鐘	めがね：眼鏡
洋服（ようふく）：衣服	扇風機（せんぷうき）：電風扇	靴（くつ）：鞋子
洗濯機（せんたくき）：洗衣機	冷房（れいぼう）：冷氣	切符（きっぷ）：票
帽子（ぼうし）：帽子	靴下（くつした）：鞋子	文房具（ぶんぼうぐ）：文具用品
紙（かみ）：紙張	辞書（じしょ）：字典	車（くるま）：車子

文型
①～でございます。（肯定）
②～でございません。（否定）
③はい、～でございます。（肯定回答）
④いいえ、～ではございません。（否定回答）

練習問題

練習一　次(つぎ)の数字(すうじ)を言(い)ってみましょう。

①１２：　　②３４：
③５６：　　④７８：
⑤４９：　　⑥６７：
⑦９０：　　⑧１２３：
⑨３４５：　　⑩４７４：
⑪６７８：　　⑫８０９：
⑬１，２３４：　　⑭３，６４７：
⑮１１，５７１：　　⑯３８，５９８：

練習二　値段(ねだん)を聞(き)きましょう。 3-4

文型：

客：すみません。この＿＿＿＿は＿いくら＿ですか。

店員：それは＿＿＿＿＿円(えん)です。

例　時計(とけい)＜３，９８０円＞（さんぜんきゅうひゃくはちじゅうえん）

解答

客：すみません。この時計(とけい)はいくらですか。

店員：それは３，９８０円です。（さんぜん　きゅうひゃくはちじゅうえん）

参考条件：

①かばん＜１，４５０円＞（せん　よんひゃく　ご　じゅうえん）　②本＜３６５円＞（ほん　さんびゃくろくじゅう　ご　えん）
③雑誌＜１９９円＞（ざっし　ひゃくきゅうじゅうきゅうえん）　④鉛筆＜５３２円＞（えんぴつ　ごひゃくさんじゅう　に　えん）
⑤椅子＜８４０円＞（いす　はっぴゃくよんじゅうえん）　⑥帽子＜１，２７４円＞（ぼうし　せん　にひゃくななじゅう　よ　えん）
⑦傘＜１，０５０円＞（かさ　せん　ごじゅうえん）　⑧携帯電話＜９，７００円＞（けいたいでんわ　きゅうせん　ななひゃくえん）
⑨めがね＜１７，４００円＞（いちまんななせん　よんひゃくえん）　⑩洗濯機＜４３，０００円＞（せんたくき　よんまんさん　ぜん　えん）

練習三　次(つぎ)の文(ぶん)をより丁寧(ていねい)な言(い)い方(かた)に直(なお)しましょう。

例　これ、何(なに)？

解答　これは何(なん)ですか。

1. それ、日本語(にほんご)の本(ほん)。

   解答 ____________________

2. あれ、いくら？

   解答 ____________________

3. あれ、500円(ごひゃくえん)。

   解答 ____________________

4. その時計(とけい)は台湾製(たいわんせい)？

   解答 ____________________

5. この時計(とけい)は日本製(にほんせい)じゃない。

   解答 ____________________

6. それ、私(わたし)の洋服(ようふく)だ。

   解答 ____________________

7. あれは日本製(にほんせい)です。

   解答 ____________________

8. これは日本語(にほんご)の雑誌(ざっし)です。

   解答 ____________________

9. 私(わたし)は田中(たなか)ではありません。

   解答 ____________________

10. それは携帯(けいたい)ではありません。

    解答 ____________________

付録：数字

1～9	10～90	100～900	1,000～9,000
1（いち）	10（じゅう）	100（ひゃく）	千（せん、いっせん）
2（に）	20（にじゅう）	200（にひゃく）	二千（にせん）
3（さん）	30（さんじゅう）	300（さんびゃく）	三千（さんぜん）
4（よん、し）	40（よんじゅう）	400（よんひゃく）	四千（よんせん）
5（ご）	50（ごじゅう）	500（ごひゃく）	五千（ごせん）
6（ろく）	60（ろくじゅう）	600（ろっぴゃく）	六千（ろくせん）
7（なな、しち）	70（ななじゅう）	700（ななひゃく）	七千（ななせん）
8（はち）	80（はちじゅう）	800（はっぴゃく）	八千（はっせん）
9（きゅう、く）	90（きゅうじゅう）	900（きゅうひゃく）	九千（きゅうせん）

日本語の豆知識：お客との応対マニュアル

店員はお客との応答は絶対敬語の世界と言ってもいいほど、ビジネスで次の言葉がよく使われますので、ご参考ください。

普通の言い方→→→→→丁寧な言い方

です	でございます
さようなら	失礼します
わかりました	かしこまりました
いいです	結構です
そうです	さようでございます
すみません	申し訳ありません
あります	ございます
いいですか	よろしいでしょうか
すみませんが	恐れ入りますが
どうですか	いかがでございましょうか
できません	いたしかねます

文法説明

1. これ／それ／あれ／どれ

這是一組事物指示代名詞。

「これ」（這…）指離說話者近的事物。

「それ」（那…）指離聽話者近的事物。

「あれ」（那…）指離說話者及聽話者雙方範圍外的事物。

「どれ」（哪…）表示不確定的事物，用於疑問時。

2. 口語會話時，名詞可直接抬高尾音成為疑問說法。

例　A：これ、携帯？（這是手機？）

　　B：それ、3,000円？（那個 3,000 日元？）

3.「じゃない／じゃないです。／じゃありません。」

用在句尾的「…じゃない。」爲否定，表示對主體的否定敘述及判斷。「じゃ」亦可用「では」來表示。「ではありません。」是有禮貌的說法。口語會話時，普通體的說法可用「じゃない」來表示。在「じゃない」之後加上「です」則可讓語氣變得有禮貌一些。

例　A：これは携帯じゃない。這不是手機（普通體）

　　B：これは携帯じゃないです。（加です變得有禮貌一些）

　　C：これは携帯じゃありません。（有禮貌的說法）

4.「でございます」是「です」的鄭重表達方式。

鄭重語用在百貨公司、車站等公開場所時，說話者和聽者之間即使沒有任何關係，亦可表現出說話者對聽者尊敬的鄭重態度。用於敘述說話者自身的時候則有謙遜意味。

5.「も」（也…、又…。）

用於再累加上同一類型的事物、亦可表示同性質的東西並列或列舉。

6.「はい」用於肯定回答對方或表達承諾對方談話內容時使用。

「いいえ」用於否定回答對方或較客氣的否定對方談話內容時使用。

7. こちら／そちら／あちら／どちら

這是一組方向指示代名詞。除了指示方向場所之外、還可以用來指人或物。

「こちら」（這邊）指離說話者近的方向。
「そちら」（那邊）指離聽話者近的方向。
「あちら」（那邊）指離說話者及聽話者雙方都遠的方向。
「どちら」（哪邊）表示不確定的方向，用於疑問時。
用來指方向時亦可說成こっち／そっち／あっち／どっち，但是こちら／そちら／あちら／どちら的說法比較有禮貌一些。

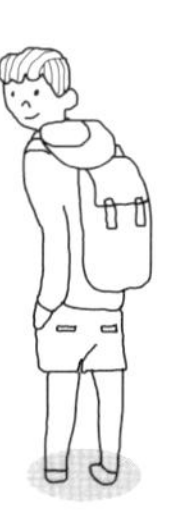

Note

❹ここは何処?

4-2

詞）：右邊；左(ひだり)（名詞）：左邊；

（名詞）：後面；横(よこ)（名詞）：

中(なか)（名詞）：中間；隣(となり)（名詞）：

對面；間(あいだ)（名詞）：a和b之間

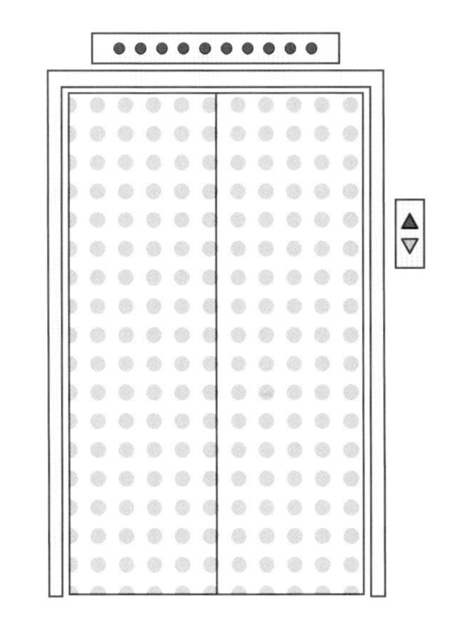

4-3

補充単語

喫茶店(きっさてん)（名詞）：咖啡廳	駅(えき)（名詞）：車站
空港(くうこう)（名詞）：機場	～屋(や)（名詞）：～店
学校(がっこう)（名詞）：學校	郵便局(ゆうびんきょく)（名詞）：郵局
デパート（名詞）：百貨公司	八百屋(やおや)（名詞）：蔬菜店
お手洗(てあら)い（名詞）：廁所	駐車場(ちゅうしゃじょう)（名詞）：停車場
公園(こうえん)（名詞）：公園	スーパー（名詞）：超市
教室(きょうしつ)（名詞）：教室	病院(びょういん)（名詞）：醫院

會話 4-1

場面設定：デパートの地下で場所を聞く

（母と娘の会話）

登場人物：（母の町子　娘の愛子）

会話本文

町子：ここは何階？

愛子：地下１階よ。

町子：靴売り場はどこ？

愛子：２階よ。

町子：エレベーターはどこ？

愛子：そっち。

町子：食堂は？

愛子：上よ。

町子：化粧品売り場はどこ？

愛子：靴売り場の隣。

會話 4-2

場面設定：デパートの地

（同僚との会

登場人物：（同僚の渡辺

会話本文

渡辺：ここは何階ですか。

愛子：地下１階ですよ。

渡辺：靴売り場はどこです

愛子：２階ですよ。

渡辺：エレベーターはどこ

愛子：そこです。

渡辺：レストランはどこで

愛子：上ですよ。

渡辺：化粧品売り場はどこ

愛子：靴売り場の隣です。

會話 4-3

場面設定：デパートの地下で場所を聞く
（お客様との会話）

登場人物：（客の理恵さん　店員の愛子）

会話本文

理恵：ここは何階ですか？

愛子：地下１階でございます。

理恵：靴売り場はどこですか。

愛子：２階でございます。

理恵：エレベーターはどこですか。

愛子：そちらでございます。

理恵：食堂はどこですか。

愛子：上でございます。

理恵：化粧品売り場はどこですか。

愛子：靴売り場の隣でございます。

 4-1

文中単語

ここ（指示代名詞）：這裡，這個地方（近己方）
そこ（指示代名詞）：那裡，那個地方（近對方）
あそこ（指示代名詞）：那個地方（遠方）
どこ（疑問詞）：哪裡，哪個地方
こっち：這裡，這個地方（ここ的口語）
そっち：那裡，那個地方（そこ的口語）
あっち：那個地方（あそこ的口語）
どっち：哪裡，哪個地方（どこ的口語）
地下：地下；～階：～樓；何階：幾樓；～売り場（名詞）：～賣場；靴（名詞）：鞋子；エレベーター（名詞）：電梯；食堂（名詞）：餐廳、食堂；化粧品（名詞）：化妝品；上（名詞）：上；隣：隔壁鄰居

文中単語

レストラン：餐廳

補充単語

下（名詞）：下面；右（名
前（名詞）：前面；後ろ
横；そば（名詞）：旁邊
隔壁；向かい（名詞）：

文型
①～はどこですか。
②ここは～ですか。

練習問題

練習一　適当（てきとう）な言葉（ことば）を入（い）れましょう。

1.A：あの人（ひと）は________ですか。　B：________は田中（たなか）さんです。

2.A：これは________ですか。　B：______は雑誌（ざっし）です。

3.A：このかばんは________ですか。　B：____________は1,200円（せんにひゃくえん）です。

4.A：ここは________ですか。　B：______は駐車場（ちゅうしゃじょう）です。

5.A：あなたの傘（かさ）は________ですか。　B：私（わたし）の傘（かさ）はこれです。

6.A：あなたの車（くるま）は________ですか。　B：私（わたし）の車（くるま）は喫茶店（きっさてん）の前（まえ）です。

7.A：あなたの教室（きょうしつ）は________ですか。　B：私（わたし）の教室（きょうしつ）は5階（ごかい）です。

8.A：公園（こうえん）は________ですか。　B：公園（こうえん）はこっちです。

9.A：ここは教室（きょうしつ）です。そこ________教室（きょうしつ）ですか。

　B：いいえ、そこ________教室（きょうしつ）ではない。

10.A：駅（えき）は右（みぎ）です。郵便局（ゆうびんきょく）も右（みぎ）ですか。　B：はい、郵便局（ゆうびんきょく）________右（みぎ）です。

11.A：これは________　鉛筆（えんぴつ）ですか。　B：それは私（わたし）のです。

12.A：それは________　本（ほん）ですか。　B：日本語（にほんご）の本（ほん）です。

13.A：これは________　時計（とけい）ですか。　B：日本（にほん）の時計（とけい）です。

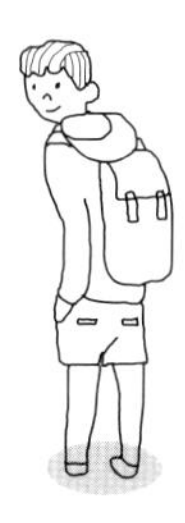

練習二　人(ひと)または物(もの)の場所(ばしょ)を言(い)いましょう。 4-4

参考条件1：教室内(きょうしつない)で

文型：

A：＿＿＿は＿どこ＿ですか。

B：＿＿＿は＿＿＿の＿＿＿です。

例 先生(せんせい)、教室(きょうしつ)、前(まえ)、

解答

A：先生(せんせい)はどこですか。

B：先生(せんせい)は教室(きょうしつ)の前(まえ)です。

① 学生(がくせい)、机(つくえ)、後(うし)ろ、

② 田中(たなか)さん、陳(ちん)さん、右(みぎ)、

③ 鉛筆(えんぴつ)、かばん、中(なか)、

④ 本(ほん)、椅子(いす)、上(うえ)、

⑤ 辞書(じしょ)、本(ほん)、横(よこ)、

⑥ 靴(くつ)、机(つくえ)、下(した)、

参考条件2：外(そと)で

⑦ 喫茶店(きっさてん)、郵便局(ゆうびんきょく)、左(ひだり)

⑧ 駐車場(ちゅうしゃじょう)、デパート、そば、

⑨ 本屋(ほんや)、喫茶店(きっさてん)と郵便局(ゆうびんきょく)、間(あいだ)

⑩ 病院(びょういん)、公園(こうえん)、むかい

⑪ 学校(がっこう)、公園(こうえん)、隣(となり)

⑫ スーパー、本屋(ほんや)と郵便局(ゆうびんきょく)、後(うし)ろ

練習三　次の文をより丁寧な言い方に直しましょう。

例　ここ、どこ？

解答　A：すみません[1]。ここはどこですか。

1. おばあちゃん、どこ？

解答 ______________________________

2. 靴売り場は何階？

解答 ______________________________

3. 食堂は２階。

解答 ______________________________

4. ここは地下一階です。

解答 ______________________________

5. お手洗い、どこ？

解答 ______________________________

6. ここは靴売り場ではない。

解答 ______________________________

7. 食堂は喫茶店の隣です。

解答 ______________________________

8. 食堂は喫茶店の隣ではない。

解答 ______________________________

9. そこは食品売り場ではありません。

解答 ______________________________

10. 駐車場は地下２階です。

解答 ______________________________

[1] 人に尋ねる時、最初に「すみません」、「ちょっとお伺いします。」などの言葉を言います。
詢問人家時、在問話之前要先說「すみません」、「ちょっとお伺いします」等的用語。

文法說明

1. 句尾＋「よ」

請對方注意或接受自己的意見時，用來加強語氣。基本上用在說話者認爲對方不知道的情況下，想強調引起對方注意時使用。

例 A：この店の料理はどうですか。（這家店的料理味道如何？）

B：この店の料理はとてもおいしいですよ。

（這家店的料理很好吃喔！）

2. 名詞＋「の」＋名詞

此處的「の」連接兩個名詞。爲一種修飾手法，表示該名詞的所有者（私の本）、內容說明（数学の本）、數量（10冊の本）、性質（車の紹介）、材質（木の箱）、位置（靴売り場の隣）等的名詞修飾。

3. 通常在詢問不認識的他人事情時，會在開始問話之前先說「すみません」、「ちょっとお伺いします。」等的用語。

4. 「だ」⇒「です」⇒「でございます」

依序為普通體⇒丁寧體⇒敬體的「是」。

「ではない」⇒「ではありません」⇒「ではございません」

依序為普通體⇒丁寧體⇒敬體的「不是」。

❺何時に行く？

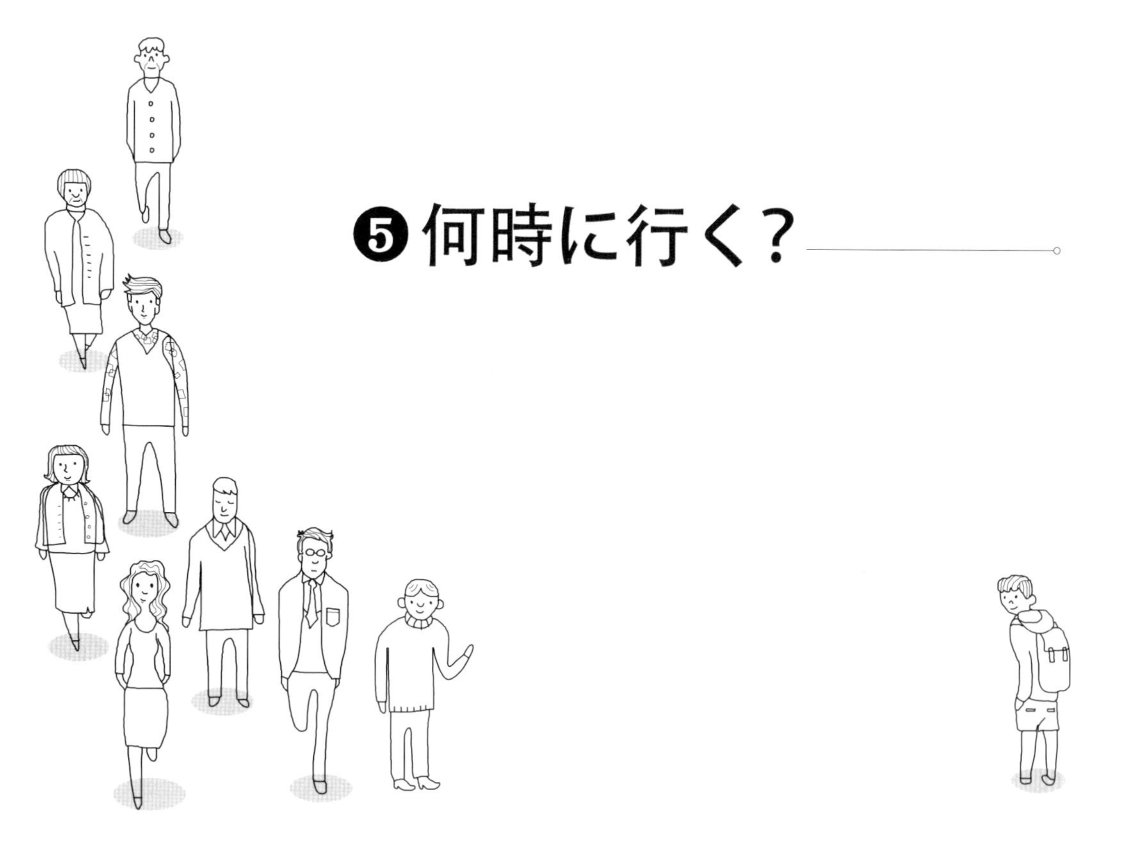

 5-1

文中単語

明日（時間副詞）：明天
荷物（名詞）：行李
～時（名詞）：～點
新幹線（名詞）：新幹線
午後（名詞）：下午、午後
着く（動詞）：抵達
来る（動詞）：來
大丈夫（ナ形容詞）：沒關係
新大阪（地名）：新大阪車站
ひかり（名詞）：新幹線的名字
何時（疑問詞）：幾點
準備（名詞）：準備
～分（名詞）：～分
行く：去
会議（名詞）：會議
始まる（動詞）：開始

文型
①時間＋に＋動詞。
②場所、目的地＋に＋着く。
③時間＋から＋動詞
④～の？（疑問）

日本語の豆知識：時間

普通	
今日（きょう）	本
明日（あした）	明
昨日（きのう）	昨
あさって	明
あととい	一
去年（きょねん）	昨
おととし	一
ゆうべ	昨
さっき	さ
これから	こ
今	た
この間（このあいだ）	先
今度（こんど）	こ

5-2

表現する丁寧な言い方

丁寧
日（ほんじつ）
日（みょうにち）
日（さくじつ）
後日（みょうごにち）
作日（いっさくじつ）
年（さくねん）
作年（いっさくねん）
夜（さくや）
きほど
れより
だいま
日（せんじつ）
の度（このたび）

5-3

補充単語

あさって（名詞）：後天；今年（名詞）：今年；来年（名詞）：明年；午前（名詞）：上午、午前；飛行機（名詞）：飛機；新幹線（名詞）：新幹線；電車（名詞）：電車；地下鉄（名詞）：地下鐵；バス（名詞）：公車；汽車（名詞）：火車；自動車（名詞）：汽車；自転車：腳踏車；タクシー（名詞）：計程車；馬（名詞）：馬；東京（地名）：東京；上野（地名）：東京的地名

文型
①動詞辞書形。（肯定） ②動詞連用形＋ます。（肯定）

文型
①交通道具＋に＋乗る。

練習問題

練習一　次の動詞の「ます形」を書きましょう。

原型（中文意思）	ます形	原型（中文意思）	ます形
買う（買）		読む（讀）	
洗う（洗）		飲む（喝）	
行く（去）		送る（寄、送）	
着く（到達）		預かる（保管）	
書く（寫）		始まる（開始）	
泳ぐ（游泳）		見る（看）	
話す（說話）		起きる（起床、起來）	
返す（還）		食べる（吃）	
持つ（拿）		開ける（打開）	
待つ（等）		閉める（關上）	
立つ（站）		来る（来）	
死ぬ（死）		する（做～）	
運ぶ（搬運）		勉強する（學習）	
選ぶ（選擇）		案内する（導引）	
呼ぶ（呼叫）		授業する（上課）	

練習二　適当な言葉を入れましょう。

1. A：何時＿＿会社＿＿着きますか。
   B：８時半に着きます。
2. A：私は７時＿＿行きます。あなたは？
   B：僕＿＿７時＿＿行く。
3. A：僕は９時＿＿新幹線＿＿乗る。１１時＿＿大阪＿＿着く。田中さんは？
   B：私は１２時＿＿飛行機＿＿乗ります。３時＿＿東京＿＿着きます。

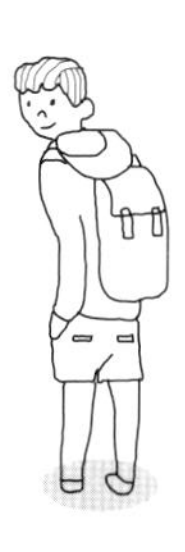

4. A：授業は何時＿＿始まる？
　B：学校の授業は８時＿＿＿始まります。
　A：会社の仕事は何時＿＿＿ですか。
　B：９時＿＿＿＿です。

練習三　時間を言いましょう。

1. 7：05 ＿＿＿＿＿＿＿＿＿＿＿＿＿＿＿＿
2. 4：10 ＿＿＿＿＿＿＿＿＿＿＿＿＿＿＿＿
3. 9：45 ＿＿＿＿＿＿＿＿＿＿＿＿＿＿＿＿
4. 8：50（9時10分前）＿＿＿＿＿＿＿＿＿＿＿
5. 12：30（12時半）＿＿＿＿＿＿＿＿＿＿＿＿

練習四　時間を聞きましょう。 5-4

文型：

A：何時　に　（いつ）動詞？

B：時間　に　動詞。

例　4時、新幹線、乗る

解答　A：何時に行く？
　　　B：4時の新幹線に乗ります。

参考條件：

① 8時、学校、着く　②授業、9時、始まる
③ 6時40分、図書館、行く　④仕事、6時、終わる
⑤ 飛行機、10時、台北、着く　⑥電車、3時、上野、着く
⑦ バス、4時、高雄駅、着く　⑧会議、7時半、終わる
⑨ 地下鉄、5時25分、台北、着く　⑩映画、4時半、始まる

練習五 次の文をより丁寧な言い方に直しましょう。

例 A：今、何時？

解答 今、何時ですか。

1. 明日は何時に行くの？

解答 ________________

2. 5時に大阪に着く。

解答 ________________

3. 会議は3時からだ。

解答 ________________

4. 飛行機は何時？

解答 ________________

5. 仕事は何時から？

解答 ________________

6. 来週、飛行機に乗る。

解答 ________________

7. 試験の準備はOK？

解答 ________________

8. 今日、何時に帰る？

解答 ________________

9. 授業は何時に終わる？

解答 ________________

10. 来週、いつ来る？

解答 ________________

時間(じかん)の言(い)い方(かた)

～分（何分、なんぷん）	～時（何時、なんじ）	～時間（何時間、なんじかん）
1分（いっぷん）★	1時（いちじ）	1時間（いちじかん）
2分（にふん）	2時（にじ）	2時間（にじかん）
3分（さんぷん）★	3時（さんじ）	3時間（さんじかん）
4分（よんぷん）★	4時（よじ）★	4時間（よじかん）
5分（ごふん）	5時（ごじ）	5時間（ごじかん）
6分（ろっぷん）★	6時（ろくじ）	6時間（ろくじかん）
7分（ななふん）	7時（なな、しちじ）	7時間（なな、しちじかん）
8分（はっぷん）★	8時（はちじ）	8時間（はちじかん）
9分（きゅうふん）	9時（くじ）	9時間（くじかん）
10分（じっぷん、じゅっぷん）	10時（じゅうじ）	10時間（じゅうじかん）

日	週	月	年
昨日（きのう）	先週（せんしゅう）	先月（せんげつ）	去年（きょねん）
今日（きょう）	今週（こんしゅう）	今月（こんげつ）	今年（ことし）
明日（あした）	来週（らいしゅう）	来月（らいげつ）	来年（らいねん）
明後日（あさって）	再来週（さらいしゅう）	再来月（さらいげつ）	再来年（さらいねん）

カレンダー：

1月(いちがつ)、2月(にがつ)、3月(さんがつ)、4月(しがつ)、5月(ごがつ)、6月(ろくがつ)、7月(しちがつ)、8月(はちがつ)、9月(くがつ)、10月(じゅうがつ)、11月(じゅういちがつ)、12月(じゅうにがつ)

日曜日(にちようび)	月曜日(げつようび)	火曜日(かようび)	水曜日(すいようび)	木曜日(もくようび)	金曜日(きんようび)	土曜日(どようび)
				1日(ついたち)	2日(ふつか)	3日(みっか)
4日(よっか)	5日(いつか)	6日(むいか)	7日(なのか)	8日(ようか)	9日(ここのか)	10日(とおか)
11日(じゅういちにち)	12日(じゅうににち)	13日(じゅうさんにち)	14日(じゅうよっか)	15日(じゅうごにち)	16日(じゅうろくにち)	17日(じゅうしちにち)
18日(じゅうはちにち)	19日(じゅうくにち)	20日(はつか)	21日(にじゅういちにち)	22日(にじゅうににち)	23日(にじゅうさんにち)	24日(にじゅうよっか)
25日(にじゅうごにち)	26日(にじゅうろくにち)	27日(にじゅうしちにち)	28日(にじゅうはちにち)	29日(にじゅうくにち)	30日(さんじゅうにち)	31日(さんじゅういちにち)

文法說明

1. 日語的動詞區分為「五段」、「上下段動詞」、「不規則動詞」。

(一) 五段動詞基本上原形動詞的模式有8種。

洗う／書く／話す／持つ／死ぬ／運ぶ／飲む／送る

當進行動詞變化時依原形動詞字尾來進行變換後加上想表達之意思的助動詞即可。

動詞一段變化＋ない（表否定）

動詞二段變化　＋　ます（表即將、未來的肯定）

ません（表即將、未來的否定）

ました（表完成、過去的肯定）

ませんでした（表完成、過去的否定）

ましょう（表勸誘對方跟自己一起做…）

たい（表想要做…）

なさい（表命令口氣）

名詞（物(もの)、方(かた)）（表…物、…方法）

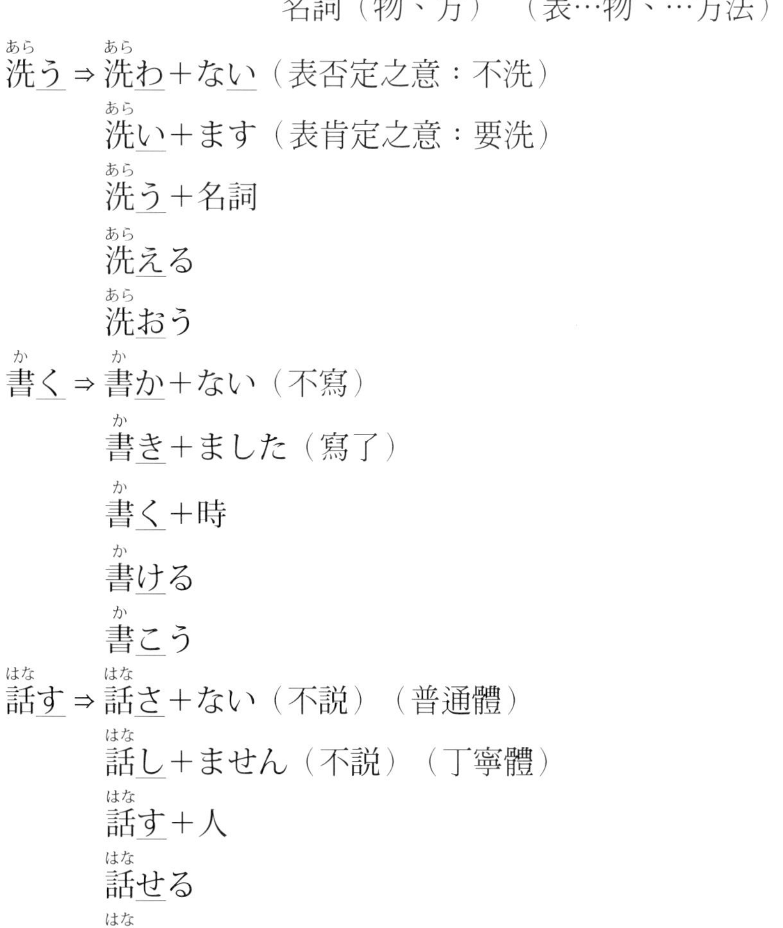

洗(あら)う ⇒ 洗(あら)わ＋ない（表否定之意：不洗）

洗(あら)い＋ます（表肯定之意：要洗）

洗(あら)う＋名詞

洗(あら)える

洗(あら)おう

書(か)く ⇒ 書(か)か＋ない（不寫）

書(か)き＋ました（寫了）

書(か)く＋時

書(か)ける

書(か)こう

話(はな)す ⇒ 話(はな)さ＋ない（不說）（普通體）

話(はな)し＋ません（不說）（丁寧體）

話(はな)す＋人

話(はな)せる

話(はな)そう

持(も)つ ⇒ 持(も)た＋ない（不拿）

持(も)ち＋ませんでした（沒拿）

持(も)つ＋時

持(も)てる

持(も)とう

死(し)ぬ ⇒ 死(し)な＋ない（不死）

死(し)に＋ましょう（一起死吧！）

死(し)ぬ＋名詞

死(し)ねる

死(し)のう

運(はこ)ぶ ⇒ 運(はこ)ば＋ない（不搬）

運(はこ)び＋なさい（趕快搬！）

運(はこ)ぶ＋時

運(はこ)べる

運(はこ)ぼう

飲(の)む ⇒ 飲(の)ま＋ない（不喝）

飲(の)み＋たい（想喝）

飲(の)む＋人

飲(の)める

飲(の)もう

送(おく)る ⇒ 送(おく)ら＋ない（不送）

送(おく)り＋物（禮物）

送(おく)る＋物

送(おく)れる

送(おく)ろう

(二) 上下段動詞基本上原形動詞的模式有 2 種，其辨識條件爲

ⅰ動詞的最後字尾爲「る」

ⅱ動詞的倒數第二個 發音爲「i」（上一段）或「e」（下一段）

進行動詞變化時只需將「る」去掉加上需要的助動詞即可。

起き（ki）る／見（mi）る／浴び（bi）る／い（i）る　⇒上一段動詞

食べ（be）る／開け（ke）る／閉め（me）る／換え（e）る⇒下一段動詞

起きる⇒起き＋ない（不起床）

起き＋ます（起床）

起きる＋時

起きられる

起きよう

食べる⇒食べ＋ない（不吃）

食べ＋ましょう（一起吃吧！）

食べる前

食べられる

食べよう

(三) 不規則動詞在整個日語體系裡只有兩個

ⅰ「来る」

ⅱ「する」　意思爲「做…」名詞加上する則可成爲動詞

其變化爲

来る⇒来＋ない（不來）

来＋ます（要來）

来る＋時

来られる

来よう

勉強する⇒勉強し＋ない（不讀書）

勉強し＋ます（要讀書）

勉強する＋人

勉強できる

勉強しよう

2. 時間＋に（在…時間作…）

表動作、作用的時間就用「に」

例 A：何時に出発する？（幾點出發？）

B：9時に出発する。（9點出發）

3. 目的地、到達點、場所＋に（表動作移動的到達點）

例 A：何時に会場に着く？（幾點到會場？）

B：10時前に会場に着く。（10點前會到會場）

4. 時間＋から／時間＋まで（從…到…）

表示時間的起點和終點，亦就是時間的範圍。可單獨使用，表開始的時間、結束的時間。

例 A：銀行は朝9時から午後3時までです。

（銀行從早上9點營業到下午3點）

B：毎朝8時から学校へ行きます。（每天早上8點就去學校）

C：毎晩11時まで勉強します。（每天晚上看書到11點）

5. 動詞、形容詞＋の？／名詞、形容動詞＋なの？

這是一個會話口語時的疑問方式，因爲是普通體的表達方式所以比較沒禮貌。不可用於長輩或客人。

例 A：あなたも行くの？（你也要去？）

B：これ、おいしいの？（這個，好吃嗎？）

C：あの人、あなたの友達なの？（那個人是你朋友？）

D：きみ、大丈夫なの？（你，沒事吧？）

6. 交通工具＋に＋乗る

搭乘任何的交通工具都用助詞に＋乗る。

例 馬／自転車／バイク／バス／電車／新幹線／地下鉄／飛行機／船＋に乗る。

❻ 何処へ行く？
何で行く？

會話 6-3

場面設定：隆が大阪へ出張する
（会社で女性の上司との 会話）

登場人物：（副社長の中井さん　　社員の隆）

会話本文

中井：田島さん、週末は　どこかへ行きますか。

隆　：はい、ちょっと　大阪へ参ります。

中井：旅行ですか。

隆　：いいえ、大阪の仕事の件です。

中井：何で行きますか。

隆　：新幹線で参ります。

中井：いつ　出発しますか。

隆　：明日の晩です。

中井：今回 京都へは行きますか。

隆　：いいえ、今回 京 都へは参りません。
京都の後藤専務が大阪へいらっしゃいます。

中井：いつ　東京に戻りますか。

隆　：日曜日の晩です。

中井：じゃ、きをつけて。

隆　：はい、では、行って参ります。

6-1

文中単語

週末（しゅうまつ）（名詞）：週末

仕事（しごと）（名詞）：工作

出発（しゅっぱつ）（名詞）：出發

晩（ばん）（名詞）：晚上

今回（こんかい）（名詞）：這次

専務（せんむ）（名詞）：總經理

京都（きょうと）（地名）：京都

来（く）る（動詞）：來

帰（かえ）る（動詞）：回家、回去

日曜日（にちようび）（名詞）：星期天

ちょっと（副詞）：稍微，一點點

気（き）をつける（動詞）：注意、小心、留神

文中単語

いってらっしゃい（問候

いってきます（問候語）

参（まい）る（動詞）：去，來（

いらっしゃる（動詞）：

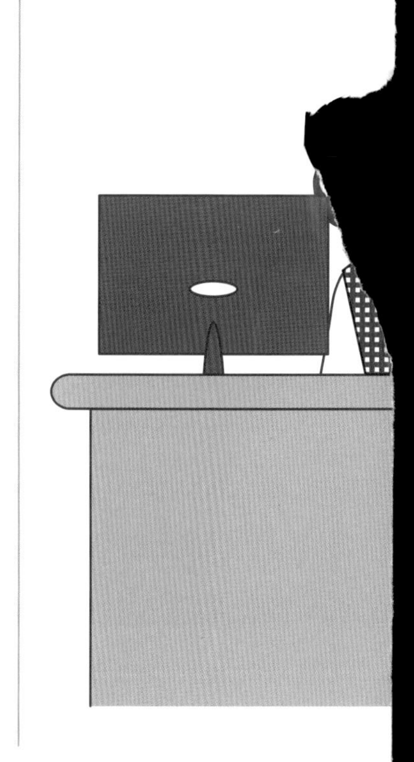

會話 6-1

場面設定：隆(たかし)が大阪(おおさか)へ出張(しゅっちょう)する

（母(はは)と息子(むすこ)との会話(かいわ)）

登場人物：（母(はは)の町子(まちこ)さん　息子(むすこ)の隆(たかし)）

会話本文

町子：隆(たかし)、週末(しゅうまつ)　どこかへ　行(い)くの？

隆　：うん、ちょっと　大阪(おおさか)へ。

町子：旅行(りょこう)？

隆：ううん、仕事(しごと)。

町子：何(なん)で行(い)くの？

隆：新幹線(しんかんせん)だよ。

町子：いつ　出発(しゅっぱつ)するの？

隆　：明日(あした)の晩(ばん)。

町子：今回(こんかい) 京都(きょうと)へは行(い)く？

隆　：ううん、今回(こんかい) 京都(きょうと)へは行(い)かないよ。京都(きょうと)の専務(せんむ)が大阪(おおさか)へ来(く)る。

町子：いつ　東京(とうきょう)に戻(もど)るの？

隆　：日曜日(にちようび)の晩(ばん)だよ。

町子：そう、気(き)をつけていくのよ。

隆　：はい、はい。

會話 6-2

場面設定：隆(たかし)が大阪(おおさか)へ出張(しゅっち)

（会社(かいしゃ)で女性(じょせい)の

登場人物：（同僚(どうりょう)の池田(いけだ)さ

会話本文

池田：田島(たじま)さん、週末(しゅうまつ)はどこ

隆　：はい、ちょっと　大阪(おおさか)

池田：旅行(りょこう)ですか。

隆　：いいえ、仕事(しごと)です。

池田：何(なん)で行(い)きますか。

隆　：新幹線(しんかんせん)で行(い)きます。

池田：いつ　出発(しゅっぱつ)しますか。

隆　：明日(あした)の晩(ばん)です。

池田：今回(こんかい) 京都(きょうと)へは行(い)きます

隆　：いいえ、今回(こんかい) 京都(きょうと)へは行

京都(きょうと)の後藤専務(ごとうせんむ)が大阪(おおさか)へいら

池田：いつ　東京(とうきょう)に戻(もど)りますか。

隆　：日曜日(にちようび)の晩(ばん)です。

池田：じゃ、気(き)をつけて、い

隆　：はい。行(い)ってきます。

6-2

語）：一路順風

：我出門了

謙讓語）

在（尊敬語）

6-3

補充単語

朝（あさ）（名詞）：早上

昼（ひる）（名詞）：中午

次回（じかい）（名詞）：下次

文型
①目的地＋へ　行く。
②交通手段、道具＋で　行く。

文型
①動詞未然形＋ない。（常体否定）
②動詞連用形＋ません。（敬体否定）

練習問題

練習一 次の動詞の「ない形」、「ません形」を書きましょう。

原型	ない形	ません形	原型	ない形	ません形
買う			読む		
洗う			飲む		
行く			送る		
着く			預かる		
書く			始まる		
泳ぐ			見る		
話す			起きる		
返す			食べる		
持つ			開ける		
待つ			閉める		
立つ			来る		
死ぬ			する		
運ぶ			勉強する		
選ぶ			案内する		
呼ぶ			授業する		

練習二 適当な言葉を入れましょう。

1.A：明日どこ____行く？　B：日本____行く。

2.A：今日何時____帰る？　B：７時____帰る。

3.A：______出発しますか。　B：来週の月曜日____出発します。

4. A：夏休み（なつやす）どこ＿＿＿行き（い）ますか。

B：いいえ、どこ＿＿＿行き（い）ません。

5. A：夏休み（なつやす）どこ＿＿行き（い）ますか。

B：日本（にほん）＿＿行き（い）ます。

6. A：何時（なんじ）＿＿学校（がっこう）＿＿行く（い）？

B：９時（くじ）＿＿学校（がっこう）＿＿行き（い）ます。

7. A：＿＿国（くに）＿＿帰り（かえ）ますか。

B：土曜日（どようび）です。

練習三　交通手段（こうつうしゅだん）と目的地（もくてきち）を聞き（き）ましょう。 6-4

文型：

A：手段で　目的地へ　動詞？

B：手段で　目的地へ　動詞。

例　学校（がっこう）、行く（い）、電車（でんしゃ）、７時（しちじ）

A：どこへ行き（い）ますか。　B：学校（がっこう）へ行き（い）ます。

A：何（なん）で学校（がっこう）へ行き（い）ますか。　B：電車（でんしゃ）で学校（がっこう）へ行き（い）ます。

A：何時（なんじ）に電車（でんしゃ）で学校（がっこう）へ行き（い）ますか。　B：７時（しちじ）に電車（でんしゃ）で学校（がっこう）へ行き（い）ます。

参考条件：

① 家（うち）、帰る（かえ）、地下鉄（ちかてつ）、６時（ろくじ）

② 図書館（としょかん）、行く（い）、自転車（じてんしゃ）、５時（ごじ）

③ 東京（とうきょう）、行く（い）、来週（らいしゅう）

④ 国（くに）、帰る（かえ）、船（ふね）、来月（らいげつ）

⑤ 病院（びょういん）、行く（い）、タクシー、明日（あした）

練習四 次の文をより丁寧な言い方に直しましょう。

例 いつ　出発する？

解答 いつ出発しますか。

1. 来週大阪へ行かない？

   解答 ______________________

2. 毎日日本語を勉強しない。

   解答 ______________________

3. コーヒーを飲みますか。

   解答 ______________________

4. いつ日本へ行きますか。

   解答 ______________________

5. 日曜日も仕事をしますか。

   解答 ______________________

6. 毎日何時に会社へますか。

   解答 ______________________

7. 社長はいますか。

   解答 ______________________

8. 雑誌を見ませんか。

   解答 ______________________

9. 明日学校へ行きません。

   解答 ______________________

10. 社長は明日会社へ来ません。

    解答 ______________________

11. １２時に昼ご飯を食べます。

    解答 ______________________

12. あのお客様は刺身を食べません。

    解答 ______________________

動詞の敬語の付録

※　敬語は尊敬語、謙譲語、丁寧語の三つがあります。

普通の言い方	尊敬語	謙譲語	丁寧語
行く	いらっしゃる いらっしゃいます。	参る、参ります。 伺う、伺います。	行きます。
来る	いらっしゃる いらっしゃいます。 おみえになる おみえになります。	参る、参ります。	来ます。
いる	いらっしゃる いらっしゃいます。	おる おります。	います。
見る	ご覧になる ご覧になります。	拝見する 拝見します。	見ます。
食べる、飲む	召し上がる 召し上がります。	頂戴す、 頂戴します。 いただく いただきます。	食べます。 飲みます。
言う	おっしゃる おっしゃいます。	申し上げる、申し上げます。 申す、申します。	言います。
する	なさる なさいます。	致す、致します。	します。
あげる		差し上げる 差し上げます。	あげます。
もらう		いただく いただきます。	もらいます。
知る	ご存知です。	存じ上げる 存じ上げます。	知ります。

文法說明

1. どこかへ／だれか／なにか（不知是否…）

「か」接在疑問詞之後表示不確定，沒辦法具體說明之意。
接在「どこ」之後表示不肯定的某處，再接表示方向的「へ」，表示不確定是否要往哪裡去。接「だれ」之後表示不確定是誰。接「なに」之後則表示不確定有什麼。

例 A：日曜日、どこかへ行くかまだ分かりません。
（還不知道星期日是否有要去哪裡）
B：日曜日、誰かが来るかまだ分かりません。
（還不知道星期日是否有誰要來）
C：冷蔵庫に何か入っているか分かりません。
（不知道冰箱裡有什麼）

2. 場所／方向＋へ／に（往…）

前接跟地點、方向有關的名詞，表動作、行為的方向。同時也指行為的目的地。

3. 方法／手段／材料＋で（用…）

表示用的交通工具；動作的方法、手段；製作東西時使用的材料。

4. 動詞未然形＋ない＝動詞連用形＋ません

兩種方式都表否定，但動詞連用形ません為丁寧體，會比動詞未然形ない普通體的方式有禮貌。

例 A：行かない⇒行きません（較有禮貌的說法）
B：食べない⇒食べません（較有禮貌的說法）

5. 「いらっしゃる」（尊敬語）、「参ります」（謙讓語）

這兩個單字和「行く」（去）、「来る」（來）的意思是相同的。
「いらっしゃる」是尊敬語，只能用在對方，表示對對方動作的尊敬。
「参ります」是謙讓語，只能用在謙讓自己的行為動作，進而抬舉對方地位及立場。

例 社員：社長はいつ東京へいらっしゃいますか。（尊敬）
社長：明日行く。
社長：君、いつ東京へ行く？
社員：明日参ります。（謙遜）

「行きます」、「来ます」（ます－丁寧體）是一種有禮貌的說話方式，可用於任何人、任何場面。在不熟悉對方的身分及立場時，可採取這種說話方式。

餐旅服務業或上下制度分明的公司、商場，在釐清與對方的利害、從屬關係後，建議依立場使用尊敬及謙讓語。

例 食べます（丁寧體）／召し上がります（尊敬語）／いただきます（謙讓語）

先生：お昼ご飯はいつもどこで食べますか。

学生：いつも大学の食堂でいただきます。

学生：先生はいつもお昼ご飯はどこで召し上がりますか。

先生：いつも大学の食堂で食べます。

6.「が」＋自動詞

動詞沒有目的語，用「…が…ます」這種形式的叫「自動詞」。「自動詞」是因爲自然的力量，沒有人爲的意圖而發生的動作。不需要有目的語就可表示一個完整的意思。

例 A：誰が出張に行きますか。

B：私が行きます。

A：空が暗いですね。

B：もうすぐ雨が降るでしょう。

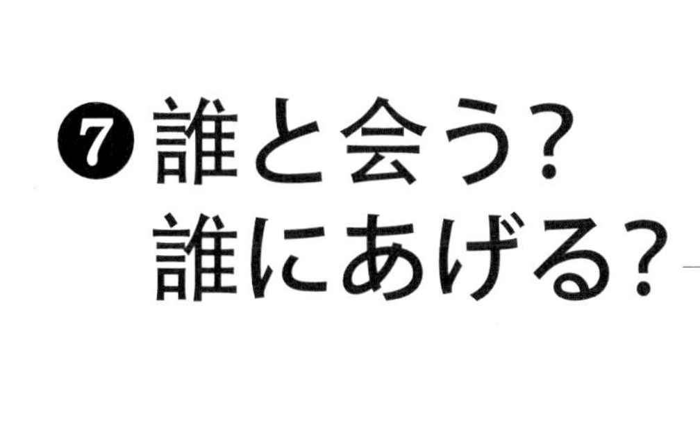

❼ 誰と会う？ 誰にあげる？

7-1

文中単語

箱（名詞）：盒子；お祝い（名詞）：慶祝；娘（名詞）：女兒；大学：大學（名詞）；卒業（名詞）：畢業；中身（名詞）：內容；あげる（動詞）：給予；奥さん（名詞）：（尊稱他人的妻子）夫人、太太；会う（動詞）：見面；もう一度（副詞）：再一次；～に入る（動詞）：進入～；どうして（副詞）：爲什麼；それで（接續詞）：因此
なあ（感歎詞）：表示感嘆；ふう～ん（感嘆語）：嗯

文型
①対象＋に＋あげる。
②目的＋に＋あげる。
③場所＋に＋入る。
④対象＋と＋会う。
⑤動詞連用形＋たい。

文中単語

孃さん（名詞）：小姐

日本語の豆知識：「お

日本語は「御」をつける
すが、一般的には、「お
用いるのは普通の形です
漢字を使っている台湾で
いので、「お」＋和語（
で使い分けると便利です
要注意。

會話 7-3

場面設定： 贈り物について話す

（社内で上司との会話）

登場人物： （部下の愛子　　支店長の渡辺さん）

会話本文

愛子：あの、支店長、この箱の中は何ですか。

渡辺：それですか。それはお祝いですよ。

愛子：えっ、どなたに差し上げますか。

渡辺：部長の福本さんのお嬢さんに差し上げますよ。

愛子：ご結婚ですか。

渡辺：いいえ、大学の卒業祝いに差し上げます。

愛子：あら、部長のお嬢さんはもう卒業ですか。

あの、お祝いの中身は何ですか。

渡辺：時計ですよ。

愛子：いいですね。それで、いつ差し上げますか。

渡辺：今日の午後部長とお会いします。

愛子：そうですか。もう一度大学に入りたいですね。

渡辺：もう私たちは仕事ですよね、仕事。

會話 7-1

場面設定：贈り物について話す（親子の会話）

登場人物：（娘の愛子　母の町子）

会話本文

愛子：ねぇ、お母さん、この箱の中は何？

町子：それ？それはお祝いよ。

愛子：えっ、誰に？

町子：隣の福本さんの娘さんにあげるのよ。

愛子：結婚するの？

町子：ううん、大学の卒業祝いにあげますよ。

愛子：ふう～ん、純子さんはもう卒業か。ねえ、お祝いの中身は何。

町子：時計よ。

愛子：いいなあ、それで、いつあげるの。

町子：今日の午後、福本さんの奥さんと会うの。

愛子：そう、もう一度大学に入りたいな。

町子：もうあなたは仕事よ、仕事。

會話 7-2

場面設定：贈り物について

（社内で同僚間

登場人物：（愛子　同僚の

会話本文

愛子：ねえ、梅田さん、この

梅田：それですか。それはお

愛子：えっ、誰にですか。

梅田：部長のお嬢さんの純子

愛子：ご結婚ですか。

梅田：いいえ、大学の卒業祝

愛子：ふう～ん、純子さんに

祝いの中身は何ですか

梅田：時計ですよ。

愛子：いいですね。それで、

梅田：今日の午後部長とお会

愛子：そうですか。もう一度

梅田：もう私たちは仕事です

7-2

部長（名詞）：部長

ら、ご」の例外

ことによって、言葉を丁寧にしま

は和語、「ご」は漢語につけて

が、外国人にとって、特に同じ

ま、和語や漢語の区別がつきにく

読み）、「ご」＋漢語（音読み）

しかし、例外もありますので、

7-3

文中単語

支店長（名詞）：分店長；差し上げる（動詞）：（敬語）給；何故（副詞）：為什麼

補充単語

幼稚園（名詞）：幼稚園；小学校（名詞）：國小；中学校（名詞）：國中；高校（名詞）：高中；大学（名詞）：大學；大学院（名詞）：研究所

文型
①お＋動詞連用形＋する（自分が使う謙遜の言い方）
②お＋動詞連用形＋になる（相手に使う尊敬の言い方）

練習問題

練習一 適当な言葉を入れましょう。

1. A：この箱の中は＿＿＿ですか。　B：本です。
2. A：その本は＿＿＿にあげますか。　B：学生にあげます。
3. A：＿＿＿あげますか。　B：来週の月曜日にあげます。
4. A：明日、＿＿＿と会いますか。　B：友達と会います。
5. A：友達と＿＿＿会いますか。　B：図書館で会います。
6. A：＿＿＿＿友達と会いますか。　B：一緒に勉強したいから[1]です。
7. A：その記念品は＿＿＿＿にあげますか。　B：先生に＿＿＿＿。

練習二 他の対象に物をあげる練習をしましょう。

① 犬、餌、やる→

② 弟、本、やる→

③ 友達、誕生日のお祝い、あげる→

④ お母さん、化粧品、あげる→

⑤ 先生、花、さしあげる→

⑥ お客様、カタログ、差し上げる→

練習三 次の動詞を「動詞連用形＋たい」の言い方に直しましょう。

例 日本、郵便物、送る。

解答 日本へ郵便物を送りたいです。

参考条件：

① 手紙を書く。

② 友達と会う。

---

1 「～から」在此解釋爲「因爲～」。

③ 先生(せんせい)と話(はな)す。

④ 図書館(としょかん)、本(ほん)、返(かえ)す

⑤ これから、電話(でんわ)、かける

⑥ パソコン、資料(しりょう)、調(しら)べる

⑦ 電話(でんわ)、タクシー、呼(よ)ぶ

⑧ 鉛筆(えんぴつ)、絵(え)、描(か)く

⑨ 家(うち)、料理(りょうり)、作(つく)る

⑩ 玄関(げんかん)、山田(やまだ)さん、待(ま)つ

練習四 練習三(れんしゅうさん)の参考条件(さんこうじょうけん)で謙遜(けんそん)の言(い)い方(かた)と尊敬(そんけい)のいい方(かた)に直(なお)しましょう。 7-4

文型：

謙遜の言い方：お＋動詞連用形＋する。

尊敬の言い方：お＋動詞連用形＋になる。

例 荷物(にもつ)を持(も)つ。

解答 謙遜の言い方：荷物(にもつ)をお持(も)ちします。

（用於自己的動作　我拿行李）

尊敬の言い方：お荷物(にもつ)をお持(も)ちになりますか。

（用於別人的動作　您要拿行李嗎？）

練習五 次の文をより丁寧な言い方に直しましょう。

例 そのお土産、だれにあげる？

解答 そのお土産は誰にあげますか。

参考条件：

1. 鞄の中は何？

解答 ______

2. いつ田中さんと会う？

解答 ______

3. もう一度日本へ行きたい。

解答 ______

4. どうして、先生と会わないの？

解答 ______

5. 山田さんの娘さんはもう中学生だ。

解答 ______

6. 私は来週、校長先生と会います。

解答 ______

7. 部長、いつ野村社長と会いますか。

解答 ______

8. このお祝いを先生にあげます。

解答 ______

9. 社長はどこでお客さんと話しますか。

解答 ______

10. 毎日社長と話しません。

解答 ______

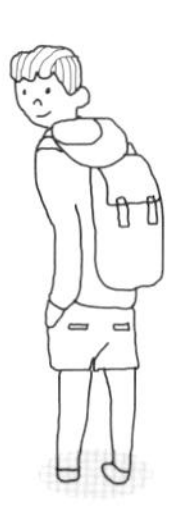

日本語の豆知識：お祝いをする場面とその言い方

場面（ばめん）	言い方（いいかた）
出産（しゅっさん）	ご出産（しゅっさん）おめでとうございます。
入学（にゅうがく）	ご入学（にゅうがく）おめでとうございます。
卒業（そつぎょう）	ご卒業（そつぎょう）おめでとうございます。
就職（しゅうしょく）	ご就職（しゅうしょく）おめでとうございます。
栄転（えいてん）	ご栄転（えいてん）おめでとうございます。
結婚（けっこん）	ご結婚（けっこん）おめでとうございます。
新築（しんちく）	ご新築（しんちく）おめでとうございます。
誕生日（たんじょうび）	お誕生日（たんじょうび）おめでとうございます。
正月（しょうがつ）	新年（しんねん）おめでとうございます。

日本語の豆知識：

①「お」の例外

通常例：お水（みず）、お金（かね）、お箸（はし）、お仕事（しごと）、おにぎり、お守（まも）り、お祝（いわ）い

例 お電話（でんわ）、お料理（りょうり）、お食事（しょくじ）、お元気（げんき）、お勉強（べんきょう）、お荷物（にもつ）

②「ご」の例外（れいがい）

通常例：ご案内（あんない）、ご賞味（しょうみ）、ご期待（きたい）、ご利用（りよう）。

例 ごゆっくり、ごもっとも

③「お＋カタカナ語（ご）」の例外（れいがい）

普通（ふつう）はカタカナ語には「御（ご）」をつけませんが、日常生活（にちじょうせいかつ）によく使（つか）う言葉（ことば）で、外来語（がいらいご）と言（い）う意識（いしき）が薄（うす）められた言葉（ことば）は「お」をつける例外（れいがい）もあります。

例 おトイレ、おタバコ、おビール、おズボン

文法說明

1. 對象「と」／（跟…一起）

表示一起去做某事的對象。「と」的前面是一起動作的人。

例 友達と映画を見に行きます。

2. 對象「に」／（給…、跟…）

表動作、作用的對象。

例 友達に花をあげます。

3. 目的「に」／（為了…而…）

表動作、作用的目的、目標。

例 図書館へ勉強に行きます。
日本へ留学に行きます。
誕生日の祝いにプレゼントをあげます。

4. 場所「に」／（在…）

「に」的前面可加對象、物品、場所等的名詞。當加的是場所時就表示施加動作的場所、地點。

例 牛乳を冷蔵庫に入れます。
壁に絵を飾ります。

5. 到達點「に」入る／（到…、進入…）

表示動作移動的到達點。

例 お風呂に入ります。

6. 動詞たい／（…想要做…）

〔動詞連用形〕＋たい，表示說話者（第一人稱）內心希望某一行爲能實現，或是強烈的願望。可當成形容詞來使用。

例 A：果物が食べたいです。
B：私は医者になりたいです。
C：日本へ旅行に行きたいです。
D：今晩何が食べたいですか。

7.「お＋動詞連用形＋する⇔致す」／表示動詞的謙讓形式

日語裡除了在第六課提到的特殊模式的敬語之外，可利用特定的句型來表達尊敬及謙讓之意。「お＋動詞連用形＋する⇔致す」對要表示尊敬的人，透過降低自己或自己這一邊的人，以提高對方地位來向對方表示尊敬。只能用在自己和自己這一邊的人。

謙和度則是「致す」比「する」更謙讓。

例　社長：会議の資料は？
社員：はい、お持ちします。
客：部屋へ行きたいですが。
ホテルスタッフ：はい、お荷物をお持ち致します。
部屋までご案内致します。

注：在日語的用法裡，動詞的連用形亦可當成名詞。因此在這個謙讓的句型裡，亦可把動詞連用形換成名詞。在此處要注意的是「案内」是漢語（音讀），因此加在前面的「御（お）（ご）」則要選擇「ご」。反之，如為和語（訓讀），則要選擇「お」。

例　内容をご説明致します。漢語（音讀）
道をご案内します。漢語（音讀）
田中さんをご紹介しましょう。漢語（音讀）
よろしくお願いします。和語（訓讀）
プレゼントをお送り致します。和語（訓讀）
道をお教えします。和語（訓讀）

8.「お＋動詞連用形＋なる」／表示動詞尊敬語的形式

「お＋動詞連用形＋なる」的形式用來表示對對方或話題中提到的人物的尊敬，是爲了表示敬意而抬高對方行爲的表現方式。只能用在對方，不能用在自己或自己這一邊的人。

例　パソコンをお使いになりますか。和語（訓讀）
ビールをお飲みになりますか。和語（訓讀）
新聞をご覧になりますか。漢語（音讀）
市内電話をご利用になりますか。漢語（音讀）

9.「さしあげる」／（給予…）（謙讓語）

授受、贈送物品的表達方式。表示在下位的人奉送物品給上位的人。爲一謙讓自己抬高對方的說法。

給平輩可用「あげる」，給晚輩或比自己身分低的人可用「やる」。

例　社長にお土産をさしあげます。

友達に卒業のお祝いをあげます。

弟に本をやりました。

Note

❽ 何を飲む？

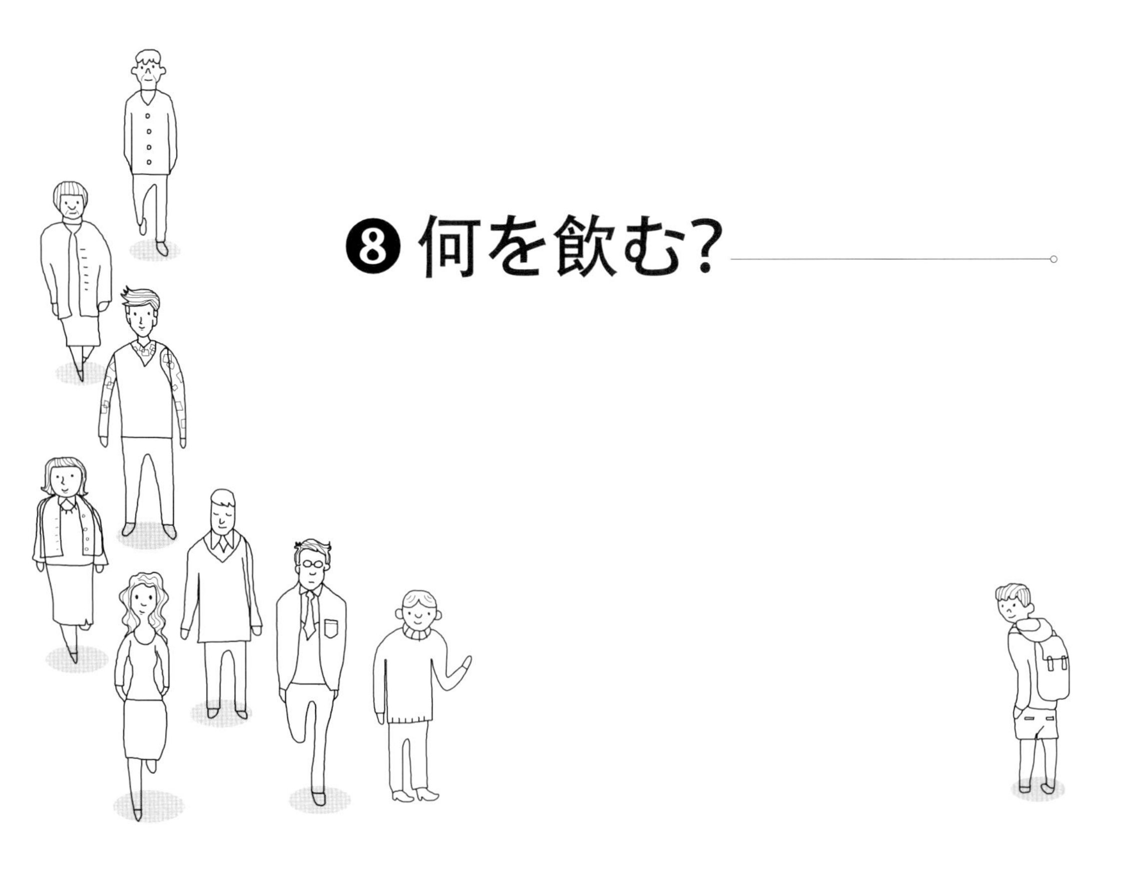

8-1

文中単語

～わ（感歎詞）：表訝異；スターバックス（名詞）：（英 starbucks）知名連鎖咖啡店；飲む（動詞）：喝；コーヒー（名詞）：（英 coffee）咖啡；紅茶（名詞）：紅茶；チーズケーキ（名詞）：（英 cheese cake）起司蛋糕；じゃ（接續詞）：那麼；一つ（名詞）：（數量詞）一個；二つ（名詞）：（數量詞）兩個；この後：在這之後；ずつ（副助詞）：（接在數量詞後面）平均；それから（接續詞）：然後；かしこまる（動詞）：表示態度恭敬；展示会（名詞）：展覽會；着物（名詞）：衣服；注文する（動詞）：點（菜），預訂；だけ（副助詞）：只有；見る（動詞）：看；どう：如何；いい（形容詞）：好的；いらっしゃいませ（問候語）：歡迎光臨

補充単語

コーラ（名詞）：（英 co
コーヒー（名詞）：（英
ミルクティ（名詞）：（
アイスティ（名詞）：（
ビール（名詞）：（英 be
ソーダ（名詞）：（英 so
ココア（名詞）：（英 co
ミネラルウォーター（名詞

①動作対象＋を＋動詞。

①～動詞ませんか。（

 會話 8-3

場面設定：喫茶店で物を注文する（上司との会話）

登場人物：（上司の渡辺さん　部下の愛子）

会話本文

渡辺：あの　田島さん、ちょっと　喫茶店に入りませんか。

愛子：はい、いいですね。

渡辺：駅前の「スターバックス」はどうでしょうか。

愛子：ええ、そこで結構です。

（喫茶店で）

店員：いらっしゃいませ。

愛子：部長は何を召し上がりますか。

渡辺：私はコーヒーでいいです。

愛子：では、私は紅茶とチーズケーキをお願いします。部長もチーズケーキはいかがでしょうか。

渡辺：そうですね。じゃ、コーヒーと紅茶一つずつ、それから、ケーキを二つお願いします。

店員：かしこまりました。

愛子：あの、この後、展示会で何をご覧になりたいんですか。

渡辺：着物を見ますよ。

愛子：えっ、着物をお買いになりたいんですか。

渡辺：いいえ、見るだけですよ。

會話 8-1

場面設定：親子が喫茶店で物を注文する

登場人物：（母の町子　娘の愛子）

会話本文

町子：ねえ、愛子　ちょっと　喫茶店に入らない？

愛子：あっ、いいわね。

町子：駅前の「スターバックス」はどう？

愛子：うん、そこでいいわよ。

（喫茶店で）

店員：いらっしゃいませ。

愛子：おかあさん、何、飲む？

町子：私、コーヒーね。

愛子：じゃ、私は紅茶とチーズケーキ。お母さんもチーズケーキ、どう？

町子：そうね、じゃ、コーヒーと紅茶一つずつ、それから、ケーキを二つお願いします。

店員：かしこまりました。

愛子：ねえ、この後、展示会で何を見るの？

町子：着物を見るのよ。

愛子：えっ、着物を買うの？

町子：いいえ、見るだけよ。

會話 8-2

場面設定：喫茶店で物を

登場人物：（同僚の梅田

会話本文

梅田：ねえ、愛子さん、ち

か。

愛子：ええ、いいですね。

梅田：駅前の「スターバッ

愛子：ええ、そこでいいで

（喫茶店で）

店員：いらっしゃいませ。

愛子：梅田さんは何を飲み

梅田：私はコーヒーでいい

愛子：じゃ、私は紅茶とチ

ーズケーキはどうで

梅田：そうですね。じゃ、

れから、チーズケー

店員：かしこまりました。

愛子：あの、この 後、展示

梅田：着物を見ますよ。

愛子：えっ、着物を買うん

梅田：いいえ、見るだけで

8-2

a）可樂
offee）咖啡
milk tea）奶茶
ice tea）冰茶
r）啤酒
a）汽水
oa）可可亞
）：（英 mineral water）礦泉水

文型
（他動的な動作の対象を示す）

文型
誘い）

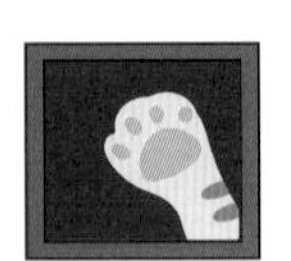

8-3

文中単語

結構（形容動詞、副詞）：（助詞）很、十分，充分

召し上がる（動詞）：（敬語）吃

いかが（副詞）：如何

ご覧になる（動詞）：（敬語）看

お買いになる（動詞）：（敬語）買

補充単語

レモン水（名詞）：（英 lemon）檸檬水

ジュース（名詞）：（英 juice）果汁

ウイスキー（名詞）：（英 whiskey）威士忌

ワイン（名詞）：（英 wine）葡萄酒

日替わり定食（名詞）：毎日特餐

お茶（名詞）：泛指一般茶類

日本酒（名詞）：日本酒

牛乳（名詞）：牛奶　　豆乳（名詞）：豆漿

紅茶（名詞）：紅茶　　緑茶（名詞）：綠茶

水（名詞）：水

練習問題

練習一　適当な言葉を入れましょう。

1. A：今日の料理は＿＿＿＿＿ですか。B：ええ、おいしいです。

2. A：今日の料理は＿＿＿＿＿ですか。B：すき焼きです。

3. A：この辞書は＿＿＿＿＿ですか。B：５００円です。

4. A：この辞書は＿＿＿＿＿ですか。B：とても便利です

5. ちょっと買い物＿＿行きませんか。

6. ちょっと教室＿＿入りませんか。

7. ちょっと図書館＿＿行きませんか。

8. 私はお水　＿＿＿＿　＿＿　いいです。

9. 毎日学校＿＿＿何をしますか。

10. 鉛筆と万年筆を一本＿＿＿ください。

11. 郵便局へ行きます。＿＿＿＿＿本屋へ行きます。

12. A：この鞄はどうですか。B：ええ、それ＿＿いいです。

13. 今日雑誌と本を一冊＿＿＿買います。辞書は買いません。

14. もうすぐ授業です。教室＿＿入りましょう。

練習二　注文の仕方を練習しましょう。　8-4

文型：

客：＿＿＿＿＿と＿＿＿＿＿をお願いします。（をください）。

例　ハンバーガー、二つ、コーラ、二杯

解答

店員：いらっしゃいませ。ご注文は何ですか。

客：ハンバーガー二つとコーラ二杯をお願いします。

店員：はい、かしこまりました。

参考条件：

① コーヒー三つ、紅茶一つ

② ラーメン、ウーロン茶

③ ケーキ、紅茶

④ カレー、お水

⑤ 日替わり定食、コーヒー

⑥ 刺身、ビール二本

⑦ すし三つ、味噌汁三つ

⑧ 肉うどん一つ、焼きそば二つ

⑨ しゃぶしゃぶ二人前、白いご飯を二つ

⑩ てんぷら定食一つ、幕の内弁当一つ

練習三 誘い方の練習をしましょう。

文型：

A：一緒に＋動詞連用形ませんか。

　一緒に＋未然形ない？

例 日曜日、映画、見る。

解答

A：日曜日、一緒に映画を見ませんか。（見ない？）

B：ええ、いいですよ。（うん、いいよ）

B：すみません、ちょっと用事が…。

参考条件：

① 公園、散歩する。

② 夏休み、旅行、行く。

③ 喫茶店、お茶、飲む。

④ 今晩、日本料理、食べる。

⑤ 今日、電車、帰る。

⑥ 学校、テニス、する。

⑦ 会社、資料、調べる

⑧ 家、ゲーム、遊ぶ。

⑨ 明日、図書館、会う。

⑩ デパート、買い物、行く。

⑪ デパート、買い物、する。

⑫ 大学、フランス語、勉強する。

⑬ 先生、誕生日祝い、差し上げる。

⑭ 日本語の歌、日本語、練習する。

⑮ ホテルのロビー、お客様、待つ。

練習四 次の文をより丁寧な言い方に直しましょう。

例 A：ジュースを飲まない？　B：はい、飲みます。

解答

A：ジュースを飲みませんか。　B：はい、いただきます。

1. コーヒー、どう？

解答 ______________________

2. 何を飲む。

解答 ______________________

3. 注文をする？

解答 ______________________

4. 何を見る？

解答 ______________________

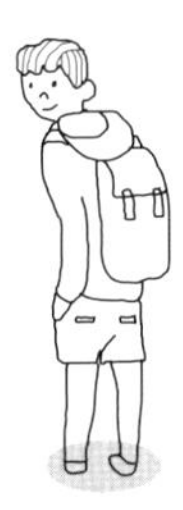

5. 果物を食べない？

解答 ________________

6. 教室に入らない？

解答 ________________

7. 部長、ビールはどうですか。

解答 ________________

8. 社長、新聞を読みますか。

解答 ________________

9. ご見学しますか。

解答 ________________

10. お昼ご飯、何を食べますか。

解答 ________________

文法說明

1. 動作對象＋を＋動詞。表有人為意圖發生的動作

跟「…が自動詞」相對的，有動作的涉及對象，用「を…ます」這種形式，名詞後面接「を」來表示動作的目的語，這樣的動詞叫「他動詞」，表人爲的，抱著某個目的有意識地作某一動作。

例　私は毎朝コーヒーを飲みます。
　　日本の友達に手紙を出します。
　　駐車場に車を止めました。

2. 「一緒に＋動詞未然形ない？」
「一緒に＋動詞連用形ませんか」／（要不要一起…呢？）

表示邀約對方是否一起做某個行爲或動作。

「動詞連用形ませんか」是比較有禮貌的說法。

「動詞未然形ない？」則用於家人或熟悉的好友。

例　明日一緒に映画を見ない？
　　日曜日、一緒に花見に行きませんか。

3.「わ」／（…呢、…呀）

表示自己的主張、判斷的語氣。爲女性用語，接在句尾使語氣柔和一些。

例 私も行きたいわ。
先生に会いたいわ。
あの店の料理、とても美味しかったわ。

4.「ね」／（…呀、…喔）

表示輕微的感嘆，或用於徵求對方的同意或附和、確認時。基本上使用在說話者認爲對方也知道的事物。

例 バスは遅いですね。
今年の夏は暑いですね。
夕べ寒かったね。
美味しいお茶、飲みたいね。

5.「場所＋で＋動詞」／（在…做…）

表示動作進行的場所。

例 学校で勉強します。
デパートでお買い物します。
郵便局で手紙を出します。

6.「ずつ」／（每、各）。

接在數量詞後面，表示平均分配的數量。

例 一人ずつ出してください。
りんごとみかんを二つずつ買いました。

7.「だけ」／（只、僅僅）

表示只限於某範圍，除此之外沒有其他的了。

例 漢字は少しだけ分かります。
昨日二人だけ来ました。
財布の中は百円だけ。

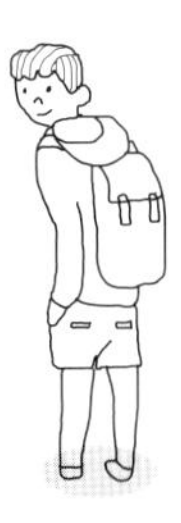

Note

❾和菓子売り場はどこ？

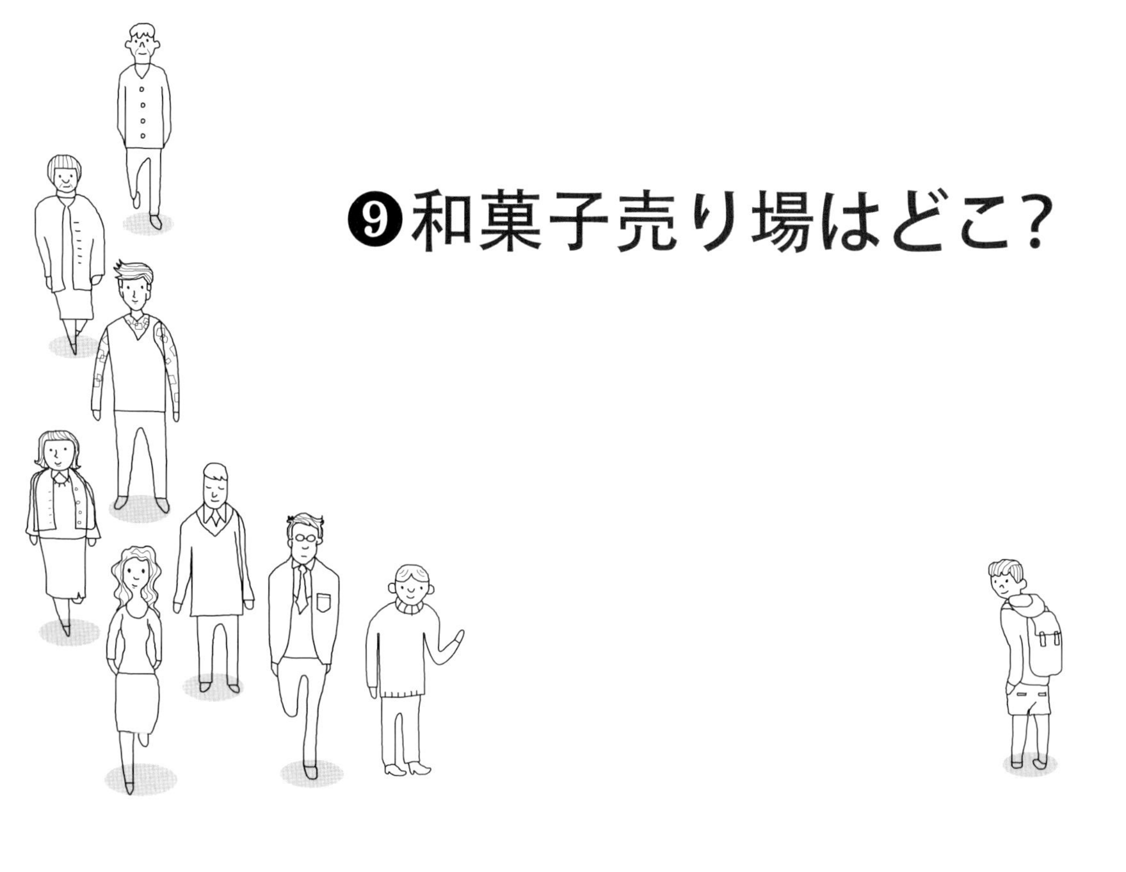

9-1

文中単語

生鮮食品（せいせんしょくひん）（名詞）：生鮮食品

ペット（名詞）：寵物

シヨップ（名詞）：商店

館内（かんない）（名詞）：館內

案内（あんない）（名詞）：介紹

屋上（おくじょう）（名詞）：屋頂

犬（いぬ）（名詞）：狗

猫（ねこ）（名詞）：貓

先ず（まず）（副詞）：首先

地下（ちか）（名詞）：地下

虎屋（とらや）：店名

大勢（おおぜい）（副詞）：形容人很多

歌手（かしゅ）（名詞）：歌手

階段（かいだん）（名詞）：樓梯

横（よこ）（名詞）：旁邊

買う（かう）（動詞）：購買

補充単語

洋菓子（ようがし）（名詞）：西式點心

レジャー（名詞）：（英

電気製品（でんきせいひん）（名詞）：電器

紳士服（しんしふく）（名詞）：男性服

婦人服（ふじんふく）（名詞）：婦女服

①動詞連用形＋ましょう

②動詞連用形＋たい。

③場所＋に＋物の対象＋

④場所＋に＋人の対象＋

（人または動物の存在

⑤物、人は＋場所です。

＝物、人は＋場所＋に

⑥場所＋に＋物１（人

動物２）などがある

9-2

ぐ

eisure）業餘的、休閒

品

文型

。

が＋ある。（物の存在）

が＋いる。

）

＋ある（いる）

、動物１）や物２（人２

いる）。

9-3

補充単語

日用品（にちようひん）（名詞）：日常用品

児童遊園地（じどうゆうえんち）（名詞）：兒童樂園

文化教室（ぶんかきょうしつ）（名詞）：文化教室

スポーツ（名詞）：（英 sport）運動

和服（わふく）（名詞）：日本傳統服裝

ベルト（名詞）：（英 belt）皮帶

ハウス（名詞）（英 house）房屋

目玉商品（めだましょうひん）（名詞）：促銷商品

水着（みずぎ）（名詞）：泳衣　　寝具（しんぐ）（名詞）：寢具

洋風（ようふう）（名詞）：洋式　　和風（わふう）（名詞）：日式

書籍（しょせき）（名詞）：書籍　　外国（がいこく）（名詞）：外國

文型
尊敬語への表現：求（もと）める→お求（もと）めになる

練習問題

練習一 適当な言葉を入れましょう。

1. 本と鉛筆はどこ＿＿ある？
2. 先生と学生は＿＿＿に＿＿＿？
3. 机の上＿＿雑誌＿＿＿あります。
4. 動物園の中＿＿動物＿＿います。
5. 動物園の中に象＿＿虎＿＿いる。
6. 冷蔵庫の中に卵＿＿ジュース＿＿ある。
7. A：だれ＿＿＿料理＿＿作りますか。B：山本さんと作ります。
8. A：どこ＿＿＿料理＿＿作りますか。B：調理室で作ります。
9. 福本さんは事務室です。＝福本さんは事務室＿＿ ＿＿＿＿＿。
10. 洋服は箱の中です。＝洋服は箱の中＿＿ ＿＿＿＿＿＿＿＿。

練習二 物または動物の存在する場所を言いましょう。 9-4

例 公園、犬、猫

解答 A：公園に何がいますか。

B：犬と猫がいます。

例 机、上、本、鉛筆

解答 A：机の上に何がありますか。

B：本と鉛筆があります。

参考条件：

① 教室、先生、学生

② 動物園、牛、馬

③ 森、中、熊、鹿

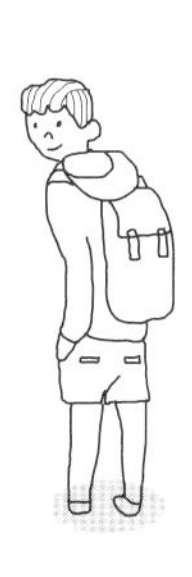

④ デパート、店員、お客さん

⑤ 病院、医者、看護婦

⑥ 駐車場、バイク、車

⑦ デパート、屋上、遊園地、食堂

⑧ デパート、地下、スーパー、喫茶店

⑨ スーパー、中、パン屋、果物屋

⑩ 冷蔵庫、魚、野菜

練習三　次の文をより丁寧な言い方に直しましょう。

1. お手洗いはどこ？

解答 ______________________

2. 靴売り場の後ろ側にお手洗いがある。

解答 ______________________

3. 階段の前に子供がいる。

解答 ______________________

4. 地下2階に駐車場がある。

解答 ______________________

5. 地下1階で何を買いますか。

解答 ______________________

6. 社長は事務室にいます。

解答 ______________________

7. 地下2階に駐車場があります。

解答 ______________________

8. 本日、目玉商品はいっぱいあります。

解答 ______________________

9. 今日外国のお客様が大勢います。

解答 ______________________

デパートの各階のご案内

階	売り場
6階	催事場　ペットショップ
5階	和食堂　イタリアンレストラン
4階	書籍　文房具　玩具　カルチャーセンター
3階	日用品　寝具　時計　喫茶店　電気製品
2階	紳士服　婦人服　子供服　和服
1階	化粧品　帽子　ハンカチ　傘　靴下
地下1階	靴　ベルト　レジャー、スポーツ用品　水着
地下2階	洋菓子　和菓子　お茶　洋酒　日本酒
地下3階	生鮮食品　パン　惣菜　駐車場

日本語の豆知識：話題の第三者に対する敬語

日本人の会話の中では、自分（話し）と相手（聞き手）の会話の中で、話題の第三者が登場する場合は、その第三者のことについて敬語を使う場合があります。

例　学生１：それは何ですか。
　　学生２：これは山本先生がお書きになった本です。
　　学生１：何の本ですか。
　　学生２：留学生のための日本語教科書だとおっしゃいましたよ。

文法說明

1. 「場所に＋物の対象＋がある」／（在…有…物的存在）
   「場所に＋人、動物の対象＋がいる」（在…有…人、動物的存在）

   例 教室（の中）に机があります。
   教室（の中）に先生がいます。
   教室に机と椅子があります。
   教室に先生と学生がいます。
   公園に木や花やブランコなどがあります。
   公園に鳥や犬やあひるなどがいます。

2. 物、人は＋場所です。＝物、人は＋場所にある／いる。

   例 学生は教室です。＝学生は教室にいます。
   野菜と卵は冷蔵庫です。＝野菜と卵は冷蔵庫にあります。

3. 「…や…など…」／（和…等的。）
   表示列舉出其中幾項，但沒全部說完。列舉的部分用「や」，沒有說完的部分用「など」（等等的）來強調。

   例 冷蔵庫に卵や野菜などがあります。
   教室に先生や学生がいます。
   日曜日に掃除や洗濯や料理などをします。

4. 「…から」／（因為…）
   表示原因、理由。用於說話者出自個人主觀理由進行請求、命令、希望、主張時的意見鋪陳。和「ので」比起來是比較強烈的意志性表達。通常接於句尾。

   例 遅いから、早く帰りましょう。
   天気が悪いから、車で行きます。
   あの人は日本人ですから、日本語ができます。
   元気ですから、一生懸命仕事をします。

5. 「…な」／（…呢、…呀）
   表示自己的主張、判斷的語氣。接在句尾。

   例 いいな、僕も行きたいな。
   あのかばん、僕もほしかったな。

6.「それから」/（接下來、然後）

接續詞。可連接兩個句子。用法和「そして」相同。

7.「いらっしゃる」/（去、來、在）

「いらっしゃる」同時是「行く」、「来る」、「いる」的尊敬語。

用來表示對對方或話題中提到的人物的尊敬，是為了表示敬意而抬高對方行為的表現方式。只能用在對方，不能用在自己或自己這一邊的人。

例 田中社長いついらっしゃいましたか。（来る）

（指人已在現場，問何時抵達的）

田中社長はいつ台湾へいらっしゃいますか。（行く）

（指人在日本，問何時赴台）

すみません、田中社長いらっしゃいますか。（いる）

（問田中社長在嗎）

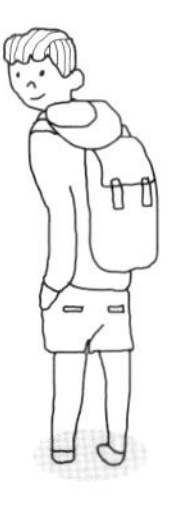

Note

❿画面が綺麗だね。

10-1

文中単語

ノートパソコン（名詞）：（英 note personal computer）筆記型電腦；どう（副詞）：如何；新しい（形容詞）：新的；薄い（形容詞）：薄的，淡的；人気（名詞）：受歡迎的；ちょっと（副詞）：稍微；スイッチ（名詞）：（英 switch）開關；入れる（動詞）：放入；立ち上がり（名詞）：啓動；早い（形容詞）：早的；画面（名詞）：畫面；綺麗（ナ形容詞）：漂亮的；文字（名詞）：文字；見やすい（形容詞）：容易看的；好き：喜歡

文型
①～　は　～が、～　は　～です。（逆接） ②～で、～です。（文の接続） ②形容詞　く＋ない（ありません）。（否定）

文中単語

デザイン（名詞）：（英 d
（英 smart）簡潔俐落的
話題轉換）話說回來；い
詞）：（常用於否定）
（形容詞）：好的；全部
ぐらい（副助詞）：左右
早速（副詞）：立刻；メ
郵件；送る（動詞）：傳

日本語の豆知識：私生

日本では私生活でも会
す。会社の中だけでは
上下関係が依然と存在し
いに注意を払っています

會話 10-3

場面設定： 会社で上司とパソコンについて話す
（上司との会話）

登場人物： （部下の隆　　上司の福原さん）

会話本文

隆　：部長、このノートパソコン、ご覧になりますか。

福原：おっ、新しいのですか。薄いですね。

隆　：すごい人気なんですよ。ちょっとスイッチを入れますよ。

福原：ええ、おっ、立ち上がりがとても早いですね。画面が綺麗ですね。

隆　：文字も見やすいですよ。この画面のデザインも好きなんですよ。

福原：スマートですね。ところで、高いですか。

隆　：あまり安くありませんが、品質はとてもいいですよ。

福原：そうでしょうね。

隆　：全部で 15 万円ぐらいします。

福原：私もほしいですね。

隆　：では、早速友達にメールを送りましょう。

會話 10-1

場面設定：居間(いま)でパソコンについて話(はな)す

（親子(おやこ)の会話(かいわ)）

登場人物：（息子(むすこ)の隆(たかし)　父親(ちちおや)の慎一(しんいち)）

会話本文

隆　：お父(とう)さん、このノートパソコン、どう？

慎一：おお、新(あたら)しいのか？薄(うす)いね。

隆　：すごい人気(にんき)なんだよ？ちょっとスイッチ入れるよ。

慎一：うん、おお、立(た)ち上(あ)がり、とても早(はや)いな。画面(がめん)が綺麗(きれい)だね。

隆　：文字(もじ)も見(み)やすいよ。この画面(がめん)のデザインも好(す)きなんだ。

慎一：スマートだね。ところで、いくら？

隆(たかし)　：あまり安(やす)くないが、品質(ひんしつ)はいいんだよ。

慎一：そうだろうね。

隆　：全部(ぜんぶ)で15万円(じゅうごまんえん)ぐらいだよ。

慎一：僕(ぼく)もほしいな。

隆　：じゃ、早速(さっそく)友達(ともだち)にメールしよう。

會話 10-2

場面設定：会社(かいしゃ)でパソコン

（同僚(どうりょう)との会話

登場人物：（隆(たかし)　同僚(どうりょう)の

会話本文

隆　：松下(まつした)さん、このノート

松下：えっ、新(あたら)しいのですか

隆　：すごい人気(にんき)なんですよ

ますよ。

松下：ええ、おっ、立(た)ち上(あ)

画面(がめん)が綺麗(きれい)ですね。

隆　：文字(もじ)も見(み)やすいです

んですよ。

松下：スマートですね。とこ

隆(たかし)　：あまり安(やす)くないですか

松下：そうでしょうね。

隆　：全部(ぜんぶ)で15万円(じゅうごまんえん)ぐら

松下：私(わたし)もほしいですね。

隆　：じゃ、早速(さっそく)友達(ともだち)にメ

10-2

esign）設計；スマート（名詞）：
；どころで（接續詞）：（用於
くら（副詞）：多少；あまり（副
太；品質（名詞）：品質；いい
名詞）：全部；万（名詞）：萬；
大約；ほしい（形容詞）：想要；
ール（名詞）：（英 mail）電子
送

活にも残る社内の上下関係

社内の上下関係が守られていま
くて、会社の仕事を終わっても、
ます。社外での場面でも、言葉使

補充単語

10-3

ナ形容詞：綺麗：漂亮的；元気：有精神的；丈夫：牢固的、（身體）硬朗的；便利：方便的；不便：不方便的；好き：喜歡；嫌い：討厭；賑やか：熱鬧的；静か：安靜的

イ形容詞：大きい：大的；小さい：小的；新しい：新的；古い：舊的；遠い：遙遠的；近い：近的；広い：寬廣的；涼しい：涼爽的；狭い：狹窄的；多い：多的；少ない：少的；難しい：困難的；易しい：簡單的；暑い：（天氣）熱的；寒い：寒冷的；冷たい：冰的；暖かい：溫暖的；明るい：明亮的；暗い：暗的；高い：高的；低い：低的、矮的；安い：便宜的；太い：粗的；細い：細的；おいしい：好吃的；まずい：難吃的；うまい：好吃的、擅長的

練習問題

練習一　次(つぎ)のイ形容詞(けいようし)とナ形容詞(けいようし)を否定形(ひていけい)に直(なお)しましょう。

(1) イ形容詞：

原型（中文意思）	～ない	～くありません
大(おお)きい（大的）	大(おお)きくない	大(おお)きくありません
新(あたら)しい（新的）		
古(ふる)い（舊的）		
遠(とお)い（遠的）		
近(ちか)い（近的）		
広(ひろ)い（寬廣的）		
多(おお)い（多的）		
少(すく)ない（少的）		
難(むずか)しい（困難的）		
易(やさ)しい（簡單的）		
暑(あつ)い（炎熱的）		
寒(さむ)い（寒冷的）		
冷(つめ)たい（冰涼的）		
明(あか)るい（明亮、開朗的）		
暗(くら)い（昏暗、陰沈的）		
高(たか)い（高的、貴的）		
低(ひく)い（低的、矮的）		
安(やす)い（便宜的）		
太(ふと)い（胖的、粗的）		
おいしい（好吃的）		

(2) ナ形容詞：

原型（中文意思）	～ではない	～ではありません
綺麗（美麗的、乾淨的）	綺麗ではない	綺麗ではありません
元気（有活力的）		
丈夫（堅固耐用的）		
便利（方便的）		
不便（不便的）		
好き（喜歡的）		
嫌い（討厭的）		

練習二 適当な言葉を入れましょう。

1. 台湾の人口は＿＿＿＿ですか。
2. 台湾は＿＿＿＿国ですか。
3. 「謝謝」は日本語で「ありがとう」＿＿＿＿言います。
4. 台湾は暑い国です＿＿＿＿、物価は安いです。
5. 外国旅行＿＿＿＿行きたいです＿＿＿＿、時間がありません。
6. 台湾は暑い国＿＿＿＿、夏が長いです。
7. 私は留学生＿＿＿＿、大学一年生です。
8. 日本の空気＿＿＿＿水＿＿＿＿きれいです。
9. 私は英語＿＿＿＿日本語＿＿＿＿好きです。
10. 日本語の助詞＿＿＿＿敬語は＿＿＿＿難しいです。
11. 果物の中＿＿＿＿、りんごが一番好きです。

練習三 次の文をつなげましょう。 10-4

例1 桃は高いです。とてもおいしいです。

解答 桃は高いですが、とてもおいしいです。

例2　高雄(たかお)は港町(みなとまち)です。賑(にぎ)やかです。

解答　高雄(たかお)は港町(みなとまち)で賑(にぎ)やかです。

参考条件：

① 高雄(たかお)の天気(てんき)は暑(あつ)いです。果物(くだもの)はおいしいです。

② 日本(にほん)の環境(かんきょう)はいいです。物価(ぶっか)は高(たか)いです。

③ あの人(ひと)は台湾人(たいわんじん)です。日本語(にほんご)が上手(じょうず)です。

④ あの人(ひと)は日本人(にほんじん)です。日本語(にほんご)が上手(じょうず)です。

⑤ あの人(ひと)は日本人(にほんじん)です。日本語(にほんご)が下手(へた)です。

⑥ この学校(がっこう)は狭(せま)いです。とても綺麗(きれい)です。

⑦ ここはいい学校(がっこう)です。学生(がくせい)はよく勉強(べんきょう)します。

⑧ ここはいい学校(がっこう)です。駅(えき)から遠(とお)いです。

⑨ 私(わたし)は西瓜(すいか)が好(す)きです。葡萄(ぶどう)は嫌(きら)いです。

⑩ 私(わたし)は西瓜(すいか)が好(す)きです。葡萄(ぶどう)も好(す)きです。

練習四　次(つぎ)の文(ぶん)をより丁寧(ていねい)な言(い)い方(かた)に直(なお)しましょう。

例　台北(たいぺい)はどんな町(まち)？

解答　台北(たいぺい)はどんな町(まち)ですか。

1. 台湾(たいわん)の人口(じんこう)はどのぐらい？

解答 ________________________________

2. 今日(きょう)の宿題(しゅくだい)は何(なに)？

解答 ________________________________

3. 鍵(かぎ)はどこにある？

解答 ________________________________

4. 日本語(にほんご)は難(むずか)しい。

解答 ________________________________

5. 私(わたし)は桃(もも)が好(す)きだ。

解答 ________________

6. 高雄(たかお)の冬(ふゆ)は寒(さむ)くない。

解答 ________________

7. 図書館(としょかん)の中(なか)はとても静(しず)かだ。

解答 ________________

8. この教室(きょうしつ)はきれいじゃない。

解答 ________________

9. 彼(かれ)は京都(きょうと)の人(ひと)、十八歳(じゅうはっさい)だ。

解答 ________________

10. 京都(きょうと)は古(ふる)い町(まち)、とても綺麗(きれい)だ。

解答 ________________

文法說明

1.「～は～が、～は～」/（對比）

「は」除了提示主語以外，也可用來比較或對照兩個對立的事物。

例 日本語はできますが、フランス語はできません。

冬は寒いですが、夏は暑いです。

2.「名詞、形容動詞で / 形容詞くて、…」（表停頓及並列）

形容動詞字尾改成「で」、形容詞字尾去「い」改成「くて」，表示句子尚未說完暫時停頓。亦可表示相同屬性的並列。亦可表示原因的提示。

例 この本は薄いです。この本は軽いです。

→この本は薄くて軽いです。

田中さんは綺麗です。田中さんは優しいです。

→田中さんは綺麗で優しいです。

部屋の中は暑いです。勉強できません。

→部屋の中は暑くて勉強できません。

3. 日語的形容詞可分為「い形容詞」和「な形容詞亦稱形容動詞」

形容詞表示說明事物的性質、狀態、感覺、感情。亦可在後面加上「です」成爲丁寧體，爲比較有禮貌的說法。

ｉい形容詞

い形容詞的否定是將「い」去掉變成否定「くない」＝「くありません」。

例　A：おいしい→おいしくない（普通體）

B：寒い（です）→寒くない（です）（丁寧體）

C：寂しいです→寂しくない（です）（丁寧體）⇔寂しくありません。（丁寧體）

ⅱな形容詞（形容動詞）

形容動詞（亦稱な形容詞），是形容詞的一種。與一般的形容詞不一樣之處爲字尾不是「い」。後面加上「です」成爲丁寧體，爲比較有禮貌的說法。形容動詞的肯定是普通體加「だ」，否定是將肯定「だ」變成否定「ではない」＝「ではありません」。

例　A：元気だ→元気ではない（普通體）

B：静かだ→静かではない（です）（丁寧體）

C：綺麗だ→綺麗ではない（普通體）→綺麗ではありません（丁寧體）

4. 「動詞意向形＋よう＝動詞連用形＋ましょう」／（做…吧）

「動詞意向形＋よう」表示說話者的個人行爲意志，準備做某件事情或是用來建議、勸誘對方跟自己一 起做某事。「動詞連用形＋ましょう」是較有禮貌的說法。回答接受勸誘時亦可使用此句型。

例　散歩に行こう（普通體）⇔散歩に行きましょう（丁寧體）。

一緒に頑張ろう（普通體）⇔一緒に頑張りましょう（丁寧體）。

ご飯食べよう（普通體）⇔ご飯食べましょう（丁寧體）。

図書館で勉強しよう（普通體）⇔図書館で勉強しましょう（丁寧體）。

5. 「だろう＝でしょう」／（也許、可能、大概…吧？）

「動詞、形容詞普通體」＋だろう（普通體）／でしょう（丁寧體）。

「名詞、形容動詞語幹」＋だろう（普通體）／でしょう（丁寧體）。

此句型使用降調表示說話者的推測，說話者不是很確定，不像「です」那麼肯定。使用升調則用在向對方確認某件事情，或是徵詢對方同意時。

例 明日の勉強会、彼も来るだろう。（普通體）
明日の勉強会、彼も来るでしょう。（丁寧體）
これ、先生の教科書だろう。（普通體）
これは先生の教科書でしょう。（丁寧體）
この店のケーキ、おいしいだろう。（普通體）
この店のケーキ、おいしいでしょう。（丁寧體）
この部屋は静かだろう。（普通體）
この部屋は静かでしょう。（丁寧體）

6.「ところで」／（助詞）

用在轉變話題時。

例 今日の勉強はここまでです。
ところで、明日の天気はどうでしょうか。

7.「動詞連用形＋安い／にくい」

「動詞連用形＋安い」表示該行爲、動作很容易做，該事情有很容易發生變化的傾向。

「動詞連用形＋にくい」則表示該行爲、動作不容易做，該事情不容易發生變化。

例 このボールペン、書きやすいです。
このパソコン、使いにくいです。
悪い癖は変えにくいです。

8.「～なの／なんです」／（用於強調時）

「動詞、形容詞普通體」＋の／のです。

「名詞、形容動詞語幹」＋なの／なのです。

例 今日は暑いんです。カキ氷を食べたいんです。
あの人は日本語が上手なんです。日本語の先生なんです。

9.「ご覧になる」／「見る」的尊敬語

例 お客様は英語の新聞をご覧になりますか。
昨日の写真をご覧になりましたか。

⓫こっち　見て。

11-1

町子：じゃ、まず、チェックインして、少(すこ)し休(やす)んでから出(で)かけましょう。

慎一：うん、そうしましょう。

文型
①動詞　て形。→動詞　て形ください。（請求）
②動詞　て形いる。（表狀態、進行式）
③動詞　て形から＋動詞。（表動作的順序）

梅田：じゃ、まず、チェ

出(で)かけましょう。

北野：ええ、そうしまし

新出単語

ホテル（名詞）：飯店；

詞）：大海；景色(けしき)（名詞

青(あお)い（形容詞）：藍色：

本当(ほんとう)（ナ形容詞）：眞的

詞）：拍（照）；見事(みごと)（ナ

看；外(そと)（名詞）：外面；桜

放入；花(はな)（名詞）：花；

咲(さ)く（動詞）：綻放；満

天氣；良(よ)い（形容詞）：

11-2

ックインして、少し休んでから

ょう。

初めて（副詞）：第一次；海（名

）：風景；色（名詞）：顏色；

素晴らしい（形容詞）：美好的；

；写真（名詞）：照片；撮る（動

形容詞）：精彩的；見る（動詞）：

（名詞）：櫻花；入れる（動詞）：

見頃（名詞）：觀賞的最佳時機；

（名詞）：盛開；天気（名詞）：

好的

11-3

吉本：じゃ、部長、チェックインなさって、少しお休みになってから出かけましょうか。

渡辺：ええ、そうしよう。

新出単語

有名（ナ形容詞）：有名的；天然温泉（名詞）：天然溫泉；体（名詞）：身體；ところで（接續詞）：（用於話題轉換時）話說回來；海鮮料理（名詞）：海鮮料理；魚（名詞）：魚；貝（名詞）：貝類；新鮮（ナ形容詞）：新鮮的；いっぱい：很多；来る（動詞）：來；後で（副詞）：待會兒、之後；夜店（名詞）：廟會攤販；食べる（動詞）：吃；少し（副詞）：稍微；飲む（動詞）：喝；休む（動詞）：休息；出かける（動詞）：出門；土産（名詞）：伴手禮

練習問題

練習一　次の動詞の「て形と意向形」を書きましょう。

原型（中文意思）	て形	意向形	原型（中文意思）	て形	意向形
買う（買）			読む（讀）		
洗う（洗）			飲む（喝）		
行く（去）			送る（寄、送）		
着く（到達）			預かる（保管）		
泳ぐ（游泳）			見る（看）		
話す（說話）			起きる（起床）		
返す（還）			食べる（吃）		
持つ（拿）			開ける（打開）		
待つ（等）			閉める（關上）		
立つ（站）			来る（來）		
死ぬ（死）			する（做～）		
運ぶ（搬運）			チェックインする（辦理住房手續）		
選ぶ（選擇）			案内する（導引）		
呼ぶ（呼叫）			授業する（上課）		

練習二　「～動詞て＋下さい。」の文型を 用いて文章を作ってください。

例　ロビー　待つ⇒ロビーで待ってください。

1. 食事　前　手　洗う

解答 ______________________________

2. 先生　日本語　話す

解答 ＿＿＿＿＿＿＿＿＿＿

3. 新幹線　会議　行く

解答 ＿＿＿＿＿＿＿＿＿＿

4. パン　果物　食べる

解答 ＿＿＿＿＿＿＿＿＿＿

5. 学校　図書館　勉強　する

解答 ＿＿＿＿＿＿＿＿＿＿

6. 安い　おいしい　紅茶　買って来る

解答 ＿＿＿＿＿＿＿＿＿＿

7. 明日　早い　帰って来る

解答 ＿＿＿＿＿＿＿＿＿＿

8. 3時　4時　英会話　練習する

解答 ＿＿＿＿＿＿＿＿＿＿

9. りんご　桃　一つずつ　もらう

解答 ＿＿＿＿＿＿＿＿＿＿

10. ここ　住所　電話番号　書く

解答 ＿＿＿＿＿＿＿＿＿＿

練習三 次の単語をつなげましょう。

例 綺麗　食べる　下さい⇒綺麗に食べてください。

1. 5時　仕事　終わる＋ましょう。

解答 ＿＿＿＿＿＿＿＿＿＿

2. 広い　静か　図書館　勉強する＋たい

解答 ＿＿＿＿＿＿＿＿＿＿

3. 早い　日本語　上手　なる＋たい。

解答 ＿＿＿＿＿＿＿＿＿＿

4. 田中さん　頭　良い、　ハンサム　優しい

解答 ＿＿＿＿＿＿＿＿＿＿＿＿＿＿＿＿＿＿

5. 奈々ちゃん　お母さん　ピアノ　上手、　美しい　上品

解答 ＿＿＿＿＿＿＿＿＿＿＿＿＿＿＿＿＿＿

6. あの先生　科学　専門家、世界中　有名

解答 ＿＿＿＿＿＿＿＿＿＿＿＿＿＿＿＿＿＿

7. 日本　春　暖かい、夏　暑い、秋　涼しい、冬　寒い

解答 ＿＿＿＿＿＿＿＿＿＿＿＿＿＿＿＿＿＿

8. 台湾　人　親切、果物　おいしい、物価　安い

解答 ＿＿＿＿＿＿＿＿＿＿＿＿＿＿＿＿＿＿

9. 台湾　工場　多い、空気　悪い

解答 ＿＿＿＿＿＿＿＿＿＿＿＿＿＿＿＿＿＿

10. 日本語　文法　多い、発音　むずかしい

解答 ＿＿＿＿＿＿＿＿＿＿＿＿＿＿＿＿＿＿

練習四　次の文をより丁寧な文に直しましょう。

1. 一緒に練習しない？

解答 ＿＿＿＿＿＿＿＿＿＿＿＿＿＿＿＿＿＿

2. 今、友達と話をしている。

解答 ＿＿＿＿＿＿＿＿＿＿＿＿＿＿＿＿＿＿

3. 桜の花がとても見事に咲いている。

解答 ＿＿＿＿＿＿＿＿＿＿＿＿＿＿＿＿＿＿

4. この雑誌を読んで。

解答 ＿＿＿＿＿＿＿＿＿＿＿＿＿＿＿＿＿＿

5. ラーメンを食べよう。

解答 ＿＿＿＿＿＿＿＿＿＿＿＿＿＿＿＿＿＿

6. 早く行こう。

解答 ＿＿＿＿＿＿＿＿＿＿＿＿＿＿＿＿＿＿

7. お願(ねが)いします。

解答 ______________________

8. ここにサインをしてください。

解答 ______________________

9. 外国(がいこく)のお客(きゃく)さんがよくタクシーを利用(りよう)しています。

解答 ______________________

10. 社長(しゃちょう)は何時(なんじ)にチェックインしますか。

解答 ______________________

練習五　「動詞(どうし)て+いる。」の文(ぶん)を5個(ご)作(つく)って下(くだ)さい。

例　私(わたし)は家(うち)で本(ほん)を読(よ)んでいます。

1. 解答 ______________________

2. 解答 ______________________

3. 解答 ______________________

4. 解答 ______________________

5. 解答 ______________________

練習六　「動詞(どうし)て+動詞(どうし)」の文(ぶん)を5個(ご)作(つく)ってください。

例　私(わたし)は宿題(しゅくだい)をしてから、本(ほん)を読(よ)みます。

1. 解答 ______________________

2. 解答 ______________________

3. 解答 ______________________

4. 解答 ______________________

5. 解答 ______________________

文法說明

1. 動詞「て形」

ｉ動詞的「て形」是依動詞的分類轉變成而成。

⇒ 當五段動詞的原形動詞的字尾是

① う、つ、る→って

例：洗う→あらって　持つ→持って　閉まる→閉まって

② く→いて　　　ぐ→いで

例：書く→書いて　　泳ぐ→泳いで

③ す→して

例：話す→話して

④ ぬ、ぶ、む→んで

例：死ぬ→死んで　呼ぶ→呼んで　飲む→飲んで

⇒ 當為上下段動詞時，直接去「る」加「て」

① 上一段

例：見る→見て　起きる→起きて　いる→いて

② 下一段

例：食べる→食べて　開ける→開けて　閉める→閉めて

⇒ 當為不規則動詞時

① 来る ⇒ 来て

② する ⇒ して

2. 動詞「て形」／動詞「て形」＋ください。／（請…）

「動詞て形」表示對晚輩或親密的朋友、家人間的請求、指示或命令。「動詞て形＋ください」用在師生、上司對部屬、醫生對病人等指示或命令時。雖有請求意味但不適合用於服務業從業人員對客人講話時。

例　食べて！（普通體）→食べてください。（丁寧體）

早く来て！（普通體）→早く来てください。（丁寧體）

ちょっと待って！（普通體）→ちょっと待ってください。（丁寧體）

3. 動詞「て形」いる／（表狀態、動作進行中、表結果、表習慣性、表方法、表原因）

例　窓が閉まっています。（表狀態）

今、何をしていますか。（表動作進行中）

田中さんは茶色の帽子をかぶっています。（表結果）
毎晩日本語の勉強をしています。（表習慣性）
電車に乗って、海へ行きました。（表方法）
冷たいものを食べ過ぎて、お腹が痛いです。（表原因）

4. 動詞「て形」から＋ 動詞 /（表時間順序）

例　ご飯を食べます。歯を磨きます。→ご飯を食べてから歯を磨きます。
洗濯します。掃除をします。→洗濯してから掃除をします。

5. 動詞 / 形容詞 / 形容動詞終止形＋そうです /（聽說…）、（據說…）

表示不是自己看到或直接獲得到的訊息，而是從別人那裡聽說或報章雜誌上獲得的資訊。

例　天気予報によると、明日は一日雨だそうです。
田中さんはとても綺麗な方だそうです。
陳さんは日本の大学から卒業したそうです。
来週の会議は社長もいらっしゃるそうです。
あの店のケーキは安くて美味しいそうです。

也是使用「そうです」而與這個句型很相似、常被混淆的用法是，常被用來表示自己的判斷、親身見聞而做出的結論的そうです。
動詞連用形 / 形容詞、形容動詞語幹＋そうです /（好像…）、（似乎…）

例　空が曇っています。雨が降りそうです。
田中さんは元気そうですね。
台湾の夏は暑そうですね。
午後の授業はみんな眠そうですね。
あの店のケーキは安くて美味しそうです。

6.「形容詞く＋動詞 / 形容動詞に＋動詞」/（表修飾動詞）

形容詞詞尾的「い」改成「く」加動詞，此用法用來飾動句子裡的動詞。
形容動詞則詞尾改成「に」加動詞，可以用來飾動句子裡的動詞。

例　高くなりたいです。
早く食べましょう。
綺麗になりたいです。
桜の花が綺麗に咲いています。

7.「形容詞＋名詞 / 形容動詞な＋名詞」/（表修飾名詞）

形容詞修飾名詞時直接加名詞即可，切記不要再加「の」。

形容動詞修飾名詞則需先加「な」再加名詞。

例　美味しいりんごを食べたい。（〇）

美味しいのりんごを食べたい。（×）

綺麗なりんごを買いたい。（〇）

綺麗のりんごを買いたい。（×）

8.「なさる」/「する」的尊敬語（須特別注意連用形為なさいます。）

例　チェックインをなさいますか。

社長はいつ到着なさいましたか。

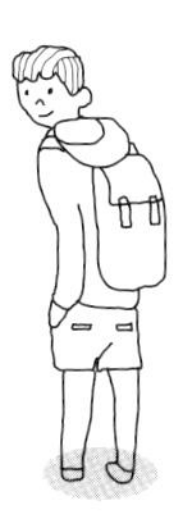

Note

⓬どこへ行ってきた?

 12-1

隆　：そうか、これで温泉に入って、それから、お酒と一緒に楽しむんだね。

愛子：うん、そういうわけよ。

新出単語

熱海（地名）：熱海；気持ち（名詞）：心情、感覺；泊る（動詞）：住宿；近く（名詞）：附近；あいにく（副詞）：不巧的；取引先（名詞）：客戶；ゴルフ（名詞）：（英 golf）高爾夫；約束（名詞）：約定；残念（ナ形容詞）：遺憾的；湯の花（名詞）：溫泉的結晶；鯵（名詞）：竹筴魚；干し物（名詞）：曬乾的物品；

ちょうだい／下さい（動詞）：給我；一緒に（副詞）：一起；楽しむ（動詞）：享受；迷う（動詞）：迷路、猶豫不決；海産物（名詞）：海產；珍味（名詞）：珍餚；わけ（名詞）：理由；けど（接續詞）：但是

愛子：湯の花と鯵の干し物

北野：そうですか。これて

楽しむのですね。

愛子：ええ、そうして下さ

補充単語

野球（名詞）：棒球；

（英 basket ball）籃球；

badminton）羽毛球；バレ

ball）排球；サッカー（名

（名詞）：體操；ピンポン

12-2

を買って来ましたわ。

温泉に入って、お酒と一緒に

い。

バスケットボール（名詞）：

バドミントン（名詞）：（英

ーボール（名詞）：（英 volley

詞）：（英 soccer）足球；体操

（名詞）：桌球

12-3

愛子：湯の花と鯵の干し物を買って来ましたわ。

大田：そうか、これで温泉に入って、お酒と一緒に楽しむのだね。

愛子：はい、そうなさって下さいませ。

補充単語

お花見（名詞）：賞（櫻）花；水泳（名詞）：游泳；紅葉狩り（名詞）：賞楓；スキー（名詞）：（英 ski）滑雪；キャンプ（名詞）：（英 camp）露營；ドライブ（名詞）：（英 drive）開車兜風；ヨガ（名詞）：（英 yoga）瑜珈

練習問題

練習一　次の動詞の「た形」を書きましょう。

原型	た形	否定た形	原型	た形	否定た形
買う（買）	買った	買わなかった	読む（讀）		
洗う（洗）			飲む（喝）		
行く（去）			送る（寄、送）		
着く（到達）			預かる（保管）		
書く（寫）			始まる（開始）		
泳ぐ（游泳）			見る（看）		
話す（說話）			起きる（起床）		
返す（還）			食べる（吃）		
持つ（拿）			開ける（打開）		
待つ（等）			閉める（關上）		
立つ（站）			来る（來）		
死ぬ（死）			する（做～）		
運ぶ（搬運）			勉強する（學習）		
選ぶ（選擇）			案内する（導引）		
呼ぶ（呼叫）			授業する（上課）		

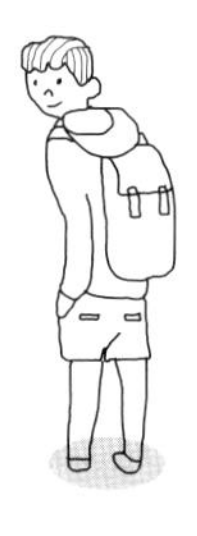

練習二 (1) 次(つぎ)のイ形容詞(けいようし)の肯定(こうてい)過去形(かこけい)及(およ)び否定(ひてい)過去形(かこけい)を書(か)きましょう。

原型	～かった	～くなかった	～くありませんでした
大(おお)きい（大的）	大(おお)きかった	大(おお)きくなかった	大(おお)きくありませんでした
新(あたら)しい（新的）			
古(ふる)い（舊的）			
遠(とお)い（遠的）			
近(ちか)い（近的）			
広(ひろ)い（寬廣的）			
多(おお)い（多的）			
少(すく)ない（少的）			
難(むずか)しい（困難的）			
易(やさ)しい（簡單的）			
暑(あつ)い（炎熱的）			
寒(さむ)い（寒冷的）			
冷(つめ)たい（冰涼的）			
明(あか)るい（明亮的）			
暗(くら)い（昏暗的）			
高(たか)い（高的、貴的）			
低(ひく)い（低的、矮的）			
安(やす)い（便宜的）			
太(ふと)い（胖的、粗的）			
おいしい（好吃的）			

(2) 次のナ形容詞の肯定過去形及び否定過去形を書きましょう。

原型	～だった	～ではないかった	～ではありませんでした
綺麗（美麗的、乾淨的）	綺麗だった	綺麗ではなかった	綺麗ではありませんでした
元気（有活力的）			
丈夫（堅固耐用的）			
便利（方便的）			
不便（不便的）			
好き（喜歡的）			
嫌い（討厭的）			

練習三　次の文をより丁寧な言い方に直しましょう。

1. 食事、した？

解答 ____________________

2. 何　買った？

解答 ____________________

3. 北海道、寒かった？

解答 ____________________

4. 桜の花は綺麗だった。

解答 ____________________

5. 温泉に入って、気持ちよかった。

解答 ____________________

6. 去年日本へ行きたかった。

解答 ____________________

7. 飲み物を買ってきました。

解答 ____________________

8. 今朝何を食べましたか。

解答 ____________________

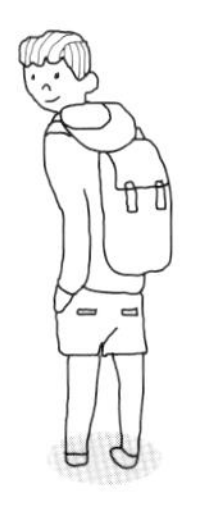

9. 先生(せんせい)は何(なに)を言(い)いましたか。

解答 ＿＿＿＿＿＿＿＿＿＿＿＿＿＿＿＿＿＿＿＿

10. 部長(ぶちょう)はお客様(きゃくさま)を案内(あんない)しましたか。

解答 ＿＿＿＿＿＿＿＿＿＿＿＿＿＿＿＿＿＿＿＿

11. 先週(せんしゅう)ゴルフに行(い)きましたか。

解答 ＿＿＿＿＿＿＿＿＿＿＿＿＿＿＿＿＿＿＿＿

文法說明

1. 形容詞（過去形／過去否定形）

形容詞表示說明事物的性質、狀態、感覺、感情。亦可在後面加上「です」成爲丁寧體，爲比較有禮貌的說法。

i 形容詞的過去肯定是將「い」去掉加「かった」。

例 A：おいしい→おいしかった
B：寒い→寒かった
C：寂しい（です）→寂しかった（です）

ii 過去否定是將「い」去掉變成否定「くない」＝「くありません」，再轉成過去變成「くなかった」＝「ありませんでした」。

例 A：おいしい→おいしくない→おいしくなかった
B：寒い（です）→寒くない（です）→寒くなかった（です）（丁寧體）
C：寂しい(です)→寂しくありません→寂しくありませんでした(丁寧體)

2. 形容動詞（過去形／過去否定形）

形容動詞（亦稱な形容詞），是形容詞的一種。與一般的形容詞不一樣之處爲字尾不是「い」。後面加上「です」成爲丁寧體，爲比較有禮貌的說法。

ｉ形容動詞的過去肯定是將普通體的肯定「だ」後加「った」。

例 A：元気だ→元気だった。
B：静かだ→静かだった。
C：綺麗だ→綺麗だった。

ⅱ過去否定是將肯定「だ」變成否定「ではない」＝「ではありません」。
「ではない」再轉成過去變成「ではなかった」＝「ではありませんでした」。

例 A：元気だ→元気ではない→元気ではなかった
B：静かだ→静かではない（です）→静かではなかった（です）（丁寧體）
C：綺麗だ→綺麗ではありません→綺麗ではありませんでした（丁寧體）

3. 動詞（過去／過去否定形）

動詞過去式表示人或事物過去的存在、動作、行爲和作用。

ｉ動詞的過去肯定是依動詞的分類轉變成「～た形」（普通體），當然也可以用「V2＋ました」（丁寧體）。

⇒當五段動詞的原形動詞的字尾是

① う、つ、る→った

例 洗う→あらった　持つ→持った　閉まる→閉まった

② く→いた　ぐ→いだ

例 書く→書いた　泳ぐ→泳いだ

③ す→した

例 話す→話した

④ ぬ、ぶ、む→んだ

例 死ぬ→死んだ　呼ぶ→呼んだ　飲む→飲んだ
社長：電話で田村さんに話した？
社員：はい、電話で田村さんに話しました。
学生：先生、今朝コーヒーを飲みましたか。
先生：うん、飲んだよ。

⇒ 當爲上下段動詞時，直接去「る」加「た」

① 上一段

例 見る→見た　起きる→起きた　いる→いた

② 下一段

例 食べる→食べた　開ける→開けた　閉める→閉めた

お母さん：友達と何食べた？

子供：はい、ハンバーガーを食べました。

先生：教室の窓を閉めた？

学生：はい、閉めました。

⇒ 當爲不規則動詞時

① 来る ⇒ 来た

例 六時に学校に来た。（六點到學校的）

② する ⇒ した

例 夕べ 2 時間勉強した。（昨晚看了 2 小時的書）

ii 過去否定是將動詞否定形「V1 ＋ない」變成否定「V1 ＋なかった」（普通體）＝ V2 ませんでした」（丁寧體）。

五段動詞時 ⇒ 行かない→行かなかった ⇔ 行きませんでした。
⇒ 飲まない→飲まなかった ⇔ 飲みませんでした。
⇒ 送らない→送らなかった ⇔ 送りませんでした。

上下段動詞時 ⇒ 見ない→見なかった ⇔ 見ませんでした。
⇒ 開けない→開けなかった ⇔ 開けませんでした。

不規則動詞時 ⇒ ない→来なかった ⇔ 来ませんでした。
⇒ しない→しなかった ⇔ しませんでした。

4.「動詞てくる」／（…來）（…過來）

「動詞てくる」可表達：

① 保留「来る」的本意，也就是由遠而近，向說話者的位置、時間點靠近。

② 表示動作從過去一直持續到現在的變化、推移。

③ 表示在其他場所做了某些事情之後再回到原來的場所。

例　電車の音が聞こえてきました。
この町は古くから観光地として愛されてきました。
お茶とケーキを用意してきますので、少しお待ちください。

5.「動詞ていく」／（去…）、（…下去）

①保留「いく」的本意，也就是由近而遠，從說話者的位置、時間點離開。
②表示動作或狀態從現在朝向未來，越來越遠地變化或推移或動作的繼續、順序。

例　みんなのノートを大学へ持って行くから、少しお待ちください。
冬に向かって、天気がどんどん寒くなっていくでしょう。
科学技術が益々発展していくでしょう。

6.「動詞、形容詞し、／名詞、形容動詞だ＋し…」/（既…又…）、（不僅…而且…）

此用法用在並列陳述性質相同的、有相關聯的事物。當表示理由時亦有暗示還有其他理由存在之意。是一種語氣較委婉的說法。

例　京都は景色も綺麗だし、料理もおいしいです。
お腹も空いたし、喉も渇きました。
この大学は設備もいいし、歴史もあります。

7.「けど／けれど」／（但是）、（雖然）、（可是）

為一逆接用語的口語說法，表示前項和後項的意思或內容是相反的。

例　旅行に行きたいけれど、時間がありません。
昨日も電話しましたけれど、誰もいませんでした。

8.「いただく」／（接受）、（獲得）（「もらう」的謙讓語）

接受、獲得物品的表達方式。表示在下位的人獲得來自上位的人的物品。為一謙讓自己抬高對方的說法。

例　先生から辞書をいただきました。
社長から電話をいただきました。

9.「よかった」／形容詞「いい⇔よい」的過去肯定

當形容詞「いい」要轉變成否定或過去時，發音一定要用「よい」。

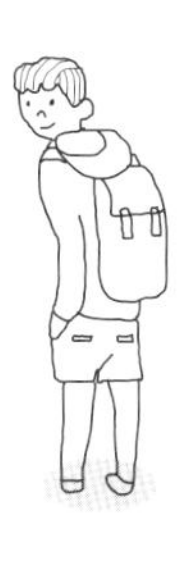

附錄一

每週必背單字50個（第1週）

1. 会(あ)う① （自五）見面，碰面，遇見

   友達(ともだち)と会(あ)う／跟朋友見面

2. 青(あお)① （名）青，藍，綠色

   青空(あおぞら)がきれいです。／藍天很美麗

3. 青(あお)い② （形）青色的，藍色的，綠色的

   海(うみ)は青(あお)いです。／海水湛藍

4. 赤(あか)① （名）紅，紅色

   赤(あか)の鉛筆(えんぴつ)を買(か)いました。／買了紅色鉛筆

5. 赤(あか)い⓪ （形）紅色的

   赤(あか)い太陽(たいよう)がまぶしい。／紅色太陽很刺眼

6. 明(あか)るい⓪ （形）明亮的，開朗的

   この部屋(へや)は明(あか)るいですね。／這個房間很明亮

7. 秋(あき)① （名）秋、秋天

   冬(ふゆ)より秋(あき)のほうが好(す)きです。／比起冬天我更喜歡秋天

8. 開(あ)く② （自五）開，打開

   風(かぜ)で窓(まど)が開(あ)きました。／風把窗户吹開了

9. 開(あ)ける③ （他下一）打開

   ふたを開(あ)ける。／打開蓋子。

10. あげる／挙(あ)げる⓪ （他下一）送給，舉，抬

    プレゼントをあげる。／送禮物

    右手(みぎて)を挙(あ)げて下(くだ)さい。／請舉起右手

11. 朝(あさ)① （名） 早上、早晨

いつも朝(あさ)6時(じ)に起(お)きます。／通常在早上6點起床

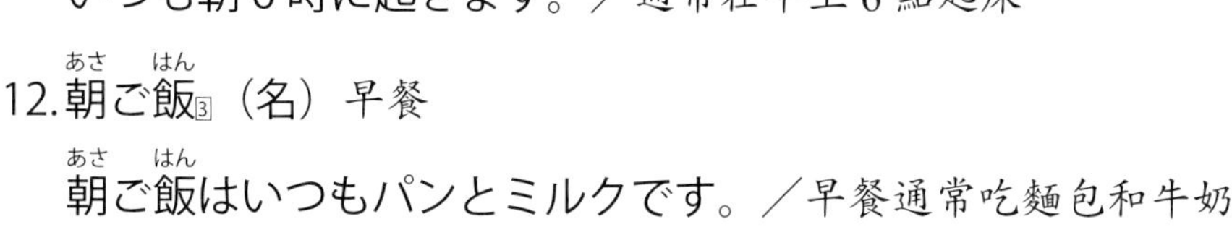

12. 朝(あさ)ご飯(はん)③ （名） 早餐

朝(あさ)ご飯(はん)はいつもパンとミルクです。／早餐通常吃麵包和牛奶

13. 明後日(あさって)② （名） 後天

明後日(あさって)駅前集合(えきまえしゅうごう)です。／後天在站前集合

14. 足(あし)② （名） 腳

赤(あか)ちゃんの足(あし)が小(ち)さいです。／嬰兒的腳很小

15. 明日(あした)③ （名） 明天

明日朝(あしたあさ)9時(じ)出発(しゅっぱつ)です。／明天早上9點出發

16. あそこ⓪ （代） 那邊

教室(きょうしつ)はあそこです。／教室在那邊

17. 遊(あそ)ぶ⓪ （自五） 玩，消遣

暖(あたた)かいので、庭(にわ)で遊(あそ)んでいました。／因爲天氣暖和，在院子玩了一會兒

18. 暖(あたた)かい④ （形） 暖和

暖(あたた)かい天気(てんき)です。／暖和的天気

19. 頭(あたま)③ （名） 頭、頭腦

頭(あたま)が良(い)いです。／頭腦很好

20. 新(あたら)しい④ （形） 新的、新鮮的

ここは新(あたら)しい学校(がっこう)です。／這裡是所新學校

21. あちら⓪ （代） 那邊，那位

エレベーターはあちらです。／電梯在那邊

22. 暑(あつ)い[2]（形）（天氣）熱的

夏(なつ)は暑(あつ)いです。／夏天很熱

23. 熱(あつ)い[2]（形）（温度）熱的

スープが熱(あつ)いので、気(き)をつけて。／湯很燙，要小心

24. 厚(あつ)い[0]（形）厚的

この辞書(じしょ)は厚(あつ)いです。／這本字典很厚

25. 後(あと)[1]（名）（時間）以後，（地點）後面，（次序）之後

30分後(ぷんあと)で会(あ)いましょう。／30分鐘之後見面吧

26. 貴方(あなた)[2]（代）你

貴方(あなた)は会社員(かいしゃいん)ですか。／你是公司員工嗎

27. 兄(あに)[1]（名）哥哥

兄(あに)を紹介(しょうかい)します。／我介紹一下家兄

28. 姉(あね)[0]（名）姊姊、嫂子

姉(あね)も大学生(だいがくせい)です。／我姊姊也是大學生

29. あの[0]（連體）那個　那位

あの方(かた)はどなたですか。／那位先生／小姐是誰呢？

30. アパート[2]（名）公寓

このアパートは駅(えき)に近(ちか)いですね。／這個公寓離車站很近呢

31. 浴(あ)びる[0]（他上一）浴、淋

シャワを浴(あ)びる。／淋浴

32. 危(あぶ)ない[0]（形）危險的

飲酒運転(いんしゅうんてん)は危(あぶ)ないです。／酒駕是很危險的

33. 甘(あま)い[0]（形）甜的

甘(あま)くて美味(おい)しい。／甜甜的很好吃

34. 余(あま)り[3]（副）不怎麼…

あまり美味(おい)しくない。／不怎麼好吃

35. 雨(あめ)[1]（名）雨

雨(あめ)が止(や)みました。／雨停了

36. 洗(あら)う[0]（他五）洗

ご飯(はん)の前(まえ)に手(て)を洗(あら)う。／吃飯前要洗手

37. 有(あ)る[1]（自五）有

少(すこ)し時間(じかん)ありますか。／你有一點時間嗎

38. 歩(ある)く[2]（自五）走路

歩(ある)いて学校(がっこう)へ行(い)きます。／走路去上學

39. ありがとう[2]（感）謝謝

いつもありがとう。／一直很感謝你

40. あれ[0]（連體）那…

あれは誰(だれ)のかばんですか。／那個是誰的書包呢

41. 案内(あんない)[3]（名、他サ）嚮導

ここの設備(せつび)を案内(あんない)します。／引導你參觀這邊的設備

42. 良(い)い[1]／良(よ)い[1]（形）好的

野菜(やさい)は体(からだ)に良(よ)いです。／青菜對身體好

43. 言(い)う[0]（他五）說

先生(せんせい)にお礼(れい)を言(い)います。／跟老師道謝

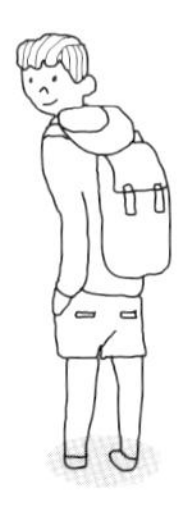

44. 家（いえ）② （名） 家、房子

家（いえ）へ帰（かえ）ります。／回家

45. 如何（いかが）② （副） 如何

コーヒーは如何（いかが）ですか。／來一杯咖啡如何呢

46. 行（い）く／行（ゆ）く⓪ （自五） 去

来月台湾旅行（らいげつたいわんりょこう）に行（い）きます。／下個月去台灣旅行

47. 幾（いく）つ① （名） 幾個　幾歲

お年（とし）は幾（いく）つですか。／您幾歲

48. 幾（いく）ら① （名） 多少

全部（ぜんぶ）で幾（いく）らですか。／一共多少錢呢

50. 池（いけ）② （名） 池子

池（いけ）に魚（さかな）が居（い）ますか。／池子裡面有魚嗎？

每週必背單字 50 個（第 2 週）

1. 医者（いしゃ）⓪ （名） 醫生

医者（いしゃ）へ行（い）きます。／去看醫生

2. 椅子（いす）⓪ （名） 椅子

椅子（いす）に座（すわ）ってください。／請坐在椅子上

3. 忙（いそが）しい④ （形） 忙碌的

忙（いそが）しい毎日（まいにち）です。／忙碌的每一天

4. 痛（いた）い② （形） 痛

腰（こし）が痛（いた）いです。／腰會痛

5. いただきます⑤ （他五） 領受、吃、喝

遠慮（えんりょ）なくいただきます。／那我就不客氣了

いちど
6. 一度[3]（名）一次

つき　いちど とうきょう　い
月に一度東京へ行きます。／每個月會去一次東京

いちにち
7. 一日[4]（名）一天、整天

たの　いちにち
楽しい一日でした。／渡過了快樂的一天

いちばん
8. 一番[2]（副）最…

ぶんぽう　いちばんむずか
文法が一番難しい。／文法是最困難的

いつ
9. 何時[1]（副）何時

いつ
テストは何時ですか。／何時考試呢？

いつか
10. 五日[3][0]（名）（每月的）五日

たんじょうび　いちがついつか
誕生日は一月五日です。／生日是一月五號

いっしょ
11. 一緒[0]（名、自サ）一起

いっしょ　おんせん　い
一緒に温泉へ行く。／一起去泡溫泉

いつ
12. 五つ[2]（名）五個

いつ
りんごを五つください。／請給我五個蘋果

いっぱい
13. 一杯[1]（名）一杯

ちゃ　いっぱい
お茶を一杯ちょうだい。／給我一杯茶

いつ
14. 何時も[1]（副）不管何時

いつもありがとう。／常常承蒙照顧

いぬ
15. 犬[2]（名）狗

いぬ　だいす
犬が大好きです。／最喜歡狗

いま
16. 今[1]（名）現在

いま　なんじ
今、何時ですか。／現在幾點？

いみ
17. 意味[1]（名）意義、意思

てがみ いみ
この手紙の意味はわかりません。／這封信的意思我不明白

いもうと
18. 妹[4]（名）妹妹

いもうと こうこうせい
妹 は高校生です。／我妹妹是高中生

いや
19. 嫌[2]（ナ形）討厭、厭惡

いや にお
嫌な匂い。／討厭的味道

い ぐち
20. 入り口[0]（名）入口

い ぐち
入り口はどこですか。／入口在哪裡呢？

い
21. 居る[0]（自上一）在

せんせい きょうしつ
先生は教室にいますか。／老師是在教室嗎？

い
22. 入れる[0]（他下一）放進、裝入

ほん い
本をかばんに入れる。／把書放進書包裡

いろ
23. 色[2]（名）顏色

いろ す
どんな色が好き？／喜歡什麼顏色？

いろいろ
24. 色々[0]（形）各式各樣的

いろいろ くるま
色々な車。／各式各樣的車

うえ
25. 上[0][2]（名）上、上面

ねこ いす うえ
猫が椅子の上にいます。／貓在椅子上面

うし
26. 後ろ[0]（名）後面

がっこう うし いけ
学校の後ろに池があります。／學校的後面有一個池塘

うす
27. 薄い[0]（形）薄的

うす かみ
薄い紙。／薄的紙

28. 歌(うた)[2]（名）歌曲

日本語(にほんご)の歌(うた)を聴(き)く。／聽日本歌

29. 家(うち)[0]（名）家

お家(うち)はどこ？／家在哪裡

30. 生(う)まれる[0]（他下一）出生

子供(こども)が生(う)まれました。／小嬰兒出生了

31. 海(うみ)[1]（名）海

海(うみ)は広(ひろ)くて青(あお)い。／海又寬又藍

32. 売(う)る[0]（他五）賣

商品(しょうひん)を売(う)る／販賣商品

33. 煩(うるさ)い[3]（形）吵雜的、煩躁的

バイクの音(おと)が煩(うるさ)い。／摩托車的聲音很吵雜

34. 上着(うわぎ)[0]（名）上衣

上着(うわぎ)を着(き)る。／穿上衣

35. 絵(え)[1]（名）畫

絵(え)を描(か)く。／畫畫

36. 映画(えいが)[1][0]（名）電影

映画(えいが)を見(み)る。／看電影

37. 映画館(えいがかん)[3]（名）電影院

映画館(えいがかん)で映画(えいが)を見(み)る。／在電影院看電影

38. 英語(えいご)[0]（名）英語

英語(えいご)を習(なら)う。／學習英語

39. 駅(えき)[1]（名）車站

駅(えき)で待(ま)つ。／在車站等

40. エレベーター[3]（名）電梯

エレベーターはどこ？／電梯在哪裡呢？

41. ～円(えん)[1]（名）～日元

全部(ぜんぶ)で300円(さんびゃくえん)です。／總共300日元

42. 鉛筆(えんぴつ)[0]（名）鉛筆

鉛筆(えんぴつ)で書(か)く。／用鉛筆寫

43. 御(お)～（接頭）表示尊敬或美化語

お友達(ともだち)。／您的朋友

お金(かね)。／錢

44. 美味(おい)しい[0]（形）美味的

美味(おい)しい料理(りょうり)。／美味的料理

45. 多(おお)い[2][1]（形）多的

宿題(しゅくだい)が多(おお)い。／功課很多

46. 大(おお)きい[3]（形）大

大(おお)きいかばん。／大書包

47. 大(おお)きな[1]（連體）大的

大(おお)きな荷物(にもつ)。／大的行李

48. 大勢(おおぜい)[3]（副）多人數

大勢(おおぜい)の家族(かぞく)。／大家庭

49. お母(かあ)さん[2]（名）母親

やさしいお母(かあ)さん。／溫柔的母親

50. お菓子(かし)[2]（名）糖果

　　お菓子(かし)を食(た)べる。／吃糖果

每週必背單字 50 個（第 3 週）

1. お金(かね)[0]（名）錢

　　お金(かね)を貯(た)める。／存錢

2. 起(お)きる[2]（自上一）起床

　　早(はや)く起(お)きる。／早點起床

3. 置(お)く[0]（他五）放

　　机(つくえ)の上(うえ)に置(お)く。／放在桌子下

4. 奥(おく)さん[1]（名）夫人

　　奥(おく)さんによろしく。／代我向夫人問好

5. お酒(さけ)[0]（名）酒

　　お酒(さけ)を飲(の)む。／喝酒

6. お皿(さら)[0]（名）盤子

　　お皿(さら)をさげる。／收盤子

7. 伯父(おじ)[0]（名）伯父　叔父

　　伯父(おじ)は日本語(にほんご)の教師(きょうし)です。／伯父是日文老師

8. お祖父(じい)さん[2]（名）祖父

　　お祖父(じい)さんはおいくつですか。／您祖父貴庚呢

9. 教(おし)える[0]（他下一）教授

　　大学(だいがく)で日本語(にほんご)を教(おし)えています。／在大學教日語

10. 押(お)す[0]（他五）推，按

　　ボタンを押(お)してください。／請按下按鈕

11. 遅(おそ)い⓪（形）慢的

スピードが遅(おそ)い。／速度很慢

12. お茶(ちゃ)⓪（名）茶

お茶(ちゃ)を飲(の)みたい。／想喝茶

13. お手洗(てあら)い③（名）洗手間

お手洗(てあら)いで手(て)を洗(あら)う。／在洗手間洗手

14. お父(とう)さん②（名）父親

頼(たの)もしいお父(とう)さん。／很可靠的父親

15. 弟(おとうと)④（名）弟弟

幼(おさな)い弟(おとうと)。／年幼的弟弟

16. 男(おとこ)③（名）男性

男(おとこ)の友達(ともだち)が多(おお)い。／男性的朋友多

17. 男(おとこ)の子(こ)③（名）小男生

男(おとこ)の子(こ)がほしい。／想要一個小男生

18. 一昨日(おととい)②（名）前天

一昨日(おととい)は大雨(おおあめ)でした。／前天下大雨

19. 一昨年(おととし)②（名）前年

一昨年(おととし)の冬(ふゆ)は寒(さむ)かった。／前年的冬天很冷

20. 大人(おとな)⓪（名）大人

お酒(さけ)は大人(おとな)になってから。／要喝酒等長大了再說

21. お腹(なか)⓪（名）肚子

お腹(なか)が空(す)いた。／肚子餓了

22. 同(おな)じ⓪（ナ形）相同、一樣

　　やり方(かた)は同(おな)じ。／作法一樣

23. お兄(にい)さん②（名）哥哥

　　ハンサムなお兄(にい)さん。／英俊的哥哥

24. お姉(ねえ)さん②（名）姊姊

　　素敵(すてき)なお姉(ねえ)さん。／很棒的姊姊

25. 叔母(おば)⓪／伯母(おば)⓪（名）伯母、姨母、舅媽

　　伯母(おば)は3人(さんにん)います。／我有三個舅媽

26. お祖母(ばあ)さん②（名）祖母

　　優(やさ)しいお祖母(ばあ)さん。／溫柔的祖母

27. お風呂(ふろ)②（名）澡盆、浴池

　　お風呂(ふろ)に入(はい)る。／洗澡

28. お弁当(べんとう)④（名）便當

　　毎朝(まいあさ)お弁当(べんとう)を作(つく)る。／每天早上做便當

29. 覚(おぼ)える③（他下一）記住

　　毎日単語(まいにちたんご)を覚(おぼ)える。／每天背單字

30. お巡(まわ)りさん⓪（名）警察、巡警

　　お巡(まわ)りさんに道(みち)を聞(き)く。／跟警察問路

31. 重(おも)い⓪（形）很重的

　　荷物(にもつ)は重(おも)い。／行李很重

32. 面白(おもしろ)い④（形）有趣的

　　面白(おもしろ)い映画(えいが)。／有趣的電影

33. 泳ぐ(およぐ)[2]（自五）游泳

プールで泳ぐ(およぐ)。／在游泳池游泳

34. 降りる(おりる)[2]（他上一）下來

バスから降りる(おりる)。／從巴士上下來

35. 終わる(おわる)[0]（他五）結束

仕事(しごと)が終わった(おわった)。／工作結束了

36. 音楽(おんがく)[1][0]（名）音樂

音楽(おんがく)を聞く(きく)。／聽音樂

37. 女(おんな)[3]（名）女性

性別(せいべつ)は女(おんな)と書く(かく)。／性別寫女性

38. 女の子(おんなのこ)[3]（名）小女孩、小女嬰

可愛い(かわいい)女の子(おんなのこ)。／可愛的小女孩

39. ～回(かい)[1]（名）回數、次數

週(しゅう) 3 回(さんかい)バイトする。／一週打工三次

40. ～階(かい)[1]（名）樓

5 階(ごかい)まで歩く(あるく)。／走到五樓

41. 外国(がいこく)[0]（名）國外

外国(がいこく)で生活(せいかつ)する。／在國外生活

42. 会社(かいしゃ)[0]（名）公司

会社(かいしゃ)に行く(いく)。／去公司

43. 階段(かいだん)[0]（名）階梯、樓梯

階段(かいだん)を登る(のぼる)。／爬樓梯

44. 買(か)い物(もの)⓪（名）買東西

スーパーで買(か)い物(もの)する。／在超市買東西

45. 買(か)う⓪（他五）買

野菜(やさい)を買(か)う。／買青菜

46. 返(かえ)す①（自他五）歸還、復原

図書館(としょかん)に本(ほん)を返(かえ)す。／去圖書館還書

47. 帰(かえ)る①（自五）回去、回來

実家(じっか)に帰(かえ)る。／回老家

48. 顔(かお)⓪（名）臉

顔(かお)を洗(あら)う。／洗臉

49. 掛(か)かる②（自五）花費

車(くるま)で30分(さんじっぷん)掛(か)かる。／開車需要30分鐘

50. 鍵(かぎ)②（名）鑰匙

鍵(かぎ)を忘(わす)れた。／忘記帶鑰匙了

每週必背單字50個（第4週）

1. 書(か)く①（他五）寫

手紙(てがみ)を書(か)く。／寫信

2. 学生(がくせい)⓪（名）學生

妹(いもうと) は学生(がくせい)です。／我妹妹是學生

3. ～ヶ月(げつ)（接尾）～個月

一ヶ月(いっげつ)かかる。／需要花費一個月

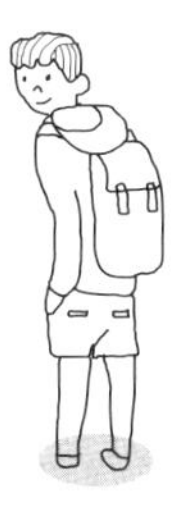

4. 掛(か)ける② （他下一） 掛、戴

めがねを掛(か)ける。／戴眼鏡

電話(でんわ)を掛(か)ける。／打電話

5. 傘(かさ)① （名） 雨傘

傘(かさ)を差(さ)す。／撐傘

6. 貸(か)す⓪ （他五） 借

お金(かね)を貸(か)す。／借錢

7. 風(かぜ)⓪ （名） 風

風(かぜ)が吹(ふ)く。／風吹

8. 風邪(かぜ)⓪ （名） 感冒

風邪(かぜ)を引(ひ)く。／感冒

9. 家族(かぞく)① （名） 家人

家族(かぞく)と一緒(いっしょ)に行(い)く。／跟家人一起去

10. 方(かた)②① （名） （敬） 人

あの方(かた)は有名(ゆうめい)な学者(がくしゃ)です。／那位是有名的學者

11. 片仮名(かたかな)②③ （名） 片假名

外来語(がいらいご)は片仮名(かたかな)で書(か)く。／外來語用片假名寫

12. ～月(がつ) （接尾） ～月

四月(しがつ)から新学期(しんがっき)です。／4月開始是新的學期

13. 学校(がっこう)⓪ （名） 學校

学校(がっこう)で勉強(べんきょう)する。／在學校讀書

14. カップ① （名） 杯子

カップで水(みず)を飲(の)む。／用杯子喝水

15. 家庭（かてい）[0]（名）家庭

幸（しあわ）せな家庭（かてい）。／幸福的家庭

16. 角（かど）[1]（名）轉角、角落

角（かど）を曲（ま）がる。／從轉角轉彎

17. 鞄（かばん）[0]（名）書包

軽（かる）い鞄（かばん）。／輕的書包

18. 花瓶（かびん）[0]（名）花瓶

花瓶（かびん）に花（はな）を生（い）ける。／花瓶裡插花

19. 被（かぶ）る[2]（他五）戴

帽子（ぼうし）を被（かぶ）る。／戴帽子

20. 紙（かみ）[2]（名）紙張

紙（かみ）に書（か）く。／寫在紙上

21. カメラ[1]（名）照相機

カメラで写真（しゃしん）を撮（と）る。／用照相機拍照

22. 火曜日（かようび）[2]（名）星期二

火曜日（かようび）は忙（いそが）しい。／星期二很忙

23. 辛（から）い[2]（形）辣的

辛（から）い料理（りょうり）が好（す）き。／喜歡辣的料理

24. 体（からだ）[0]（名）身體

体（からだ）を壊（こわ）す。／使身體不適

25. 借（か）りる[0]（他上一）借

本（ほん）を借（か）りる。／借書

26. 軽(かる)い⓪（形）輕的

木(き)は鉄(てつ)より軽(かる)い。／木頭比鐵輕

27. カレー⓪（名）咖哩

カレーライスは大人気(だいにんき)。／咖哩飯大受歡迎

28. カレンダー②（名）月曆

古(ふる)いカレンダー。／舊的月曆

29. 川(かわ)／河(かわ)②（名）河川

河(かわ)が流(なが)れる。／河川在流動

30. ～側(がわ)（接尾）邊、側

日本(にほん)は左側通行(ひだりがわつうこう)。／日本是靠左走

31. 可愛(かわい)い③（形）可愛的

可愛(かわい)いお人形(にんぎょう)。／可愛的人偶

32. 漢字(かんじ)⓪（名）漢字

漢字(かんじ)の発音(はつおん)を覚(おぼ)える。／記住漢字的發音

33. 木(き)①（名）樹

木(き)を植(う)える。／種樹

34. 黄色(きいろ)い⓪（形）黃色的

黄色(きいろ)い葉(は)っぱ。／黃色的樹葉

35. 消(き)える⓪（自下一）熄滅、消失

電気(でんき)が消(き)えた。／電燈熄滅了

36. 聞(き)く⓪（他五）聽

ラジオを聞(き)く。／聽收音機

37. 北(きた)[2]（名）北部、北邊

北(きた)は寒(さむ)いです。／北部很冷

38. ギター[1]（名）吉他

ギターを弾(ひ)く。／彈吉他

39. 汚(きたな)い[3]（形）骯髒的

汚(きたな)いお皿(さら)を洗(あら)う。／洗髒的碗

40. 喫茶店(きっさてん)[3][0]（名）咖啡廳

喫茶店(きっさてん)で待(ま)つ。／在咖啡廳等

41. 切手(きって)[3][0]（名）郵票

切手(きって)を貼(は)る。／貼郵票

42. 切符(きっぷ)[0]（名）車票

電車(でんしゃ)の切符(きっぷ)を買(か)う。／買電車的車票

43. 昨日(きのう)[2]（名）昨天

昨日(きのう)は雪(ゆき)だった。／昨天下雪

44. 九(きゅう)[0]／九(く)[1][0]（名）九

九(きゅう)の次(つぎ)は十(じゅう)です。／九接下來是十

45. 牛肉(ぎゅうにく)[0]（名）牛肉

牛肉(ぎゅうにく)を煮(に)る。／煮牛肉

46. 牛乳(ぎゅうにゅう)[0]（名）牛奶

牛乳(ぎゅうにゅう)を飲(の)む。／喝牛奶

47. 今日(きょう)[1]（名）今天

今日(きょう)はいい天気(てんき)です。／今天天氣很好

48. 教室(きょうしつ)[0]（名）教室

教室(きょうしつ)に入(はい)る。／進教室

49. 兄弟(きょうだい)[1]（名）兄弟姊妹

兄弟(きょうだい)3人(さんにん)います。／我有三個兄弟姊妹

50. 去年(きょねん)[1]（名）去年

去年(きょねん)まで学生(がくせい)でした。／到去年爲止還是學生

每週必背單字 50 個（第 5 週）

1. 嫌(きら)い[0]（ナ形）討厭、厭惡

タバコが嫌(きら)い。／厭惡抽菸

2. 切(き)る[1]（他五）剪、切

髪(かみ)を切(き)る。／剪頭髮

3. 着(き)る[0]（他上一）穿

上着(うわぎ)を着(き)る。／穿上衣

4. 綺麗(きれい)[1]（ナ形）美麗、漂亮

綺麗(きれい)なホテル。／華麗的飯店

5. キロ（グラム）[3]（名）公斤

機内持(きないも)ち込(こ)みは7キロまで。／登機隨身行李限制在7公斤以內

6. キロ（メートル）[3]（名）公里

毎日(まいにち)1キロを歩(ある)く。／每天走一公里

7. 銀行(ぎんこう)[0]（名）銀行

銀行(ぎんこう)にお金(かね)を預(あず)ける。／錢存到銀行

8. 金曜日(きんようび)[3]（名）星期五

宿題(しゅくだい)の締(し)め切(き)りは金曜日(きんようび)だ。／回家作業的最後繳交期限是星期五

くすり
9. 薬[0]（名）藥

くすり　の
薬を飲む。／吃藥

10. ください[3]（補助）給

てがみ
手紙をください。／請給我信

くだもの
11. 果物[2]（名）水果

くだもの　た
果物を食べる。／吃水果

くち
12. 口[0]（名）嘴巴　胃口

りょうり　くち　あ
料理が口に合う。／料理合胃口

くつ
13. 靴[2]（名）鞋子

くつ　は
靴を履く。／穿鞋子

くつした
14. 靴下[4][2]（名）襪子

くつした　ぬ
靴下を脱ぐ。／脫襪子

くに
15. 国[0][2]（名）國家

くに　かえ
国へ帰る。／回國

くも
16. 曇り[3]（名）多雲、陰天

くも　は
曇りのち晴れ。／晴時多雲

くも
17. 曇る[2]（自五）起霧

そら　くも
空が曇ってきた。／天空起霧了

くら
18. 暗い[0]（形）暗的

そら　くら
空が暗くなった。／天空變暗了

19. くらい／ぐらい（副助）大約、大概

だいがく　いちじかん
大学まで一時間ぐらいかかる。／到大學大約需要一個小時

20. クラス① （名） 班級

一(ひと)クラス 30 人(にん)です。／一個班級３０個人

21. グラス① （名） 玻璃杯

グラスにワインを注(つ)ぐ。／把酒倒入玻璃杯

22. グラム① （名） 公克

牛肉(ぎゅうにく)を 500 グラムをください。／請給我５００公克的牛肉

23. 来(く)る① （自） 到來、來

春(はる)が来(き)た。／春天到來了

24. 車(くるま)⓪ （名） 汽車

車(くるま)で会社(かいしゃ)へ行(い)く。／開車去公司

25. 黒(くろ)① （名） 黑色

黒(くろ)よりも白(しろ)のほうが好(す)きだ。／比起黑色比較喜歡白色

26. 黒(くろ)い② （形） 黑色的

腹(はら)が黒(くろ)い。／壞心眼

27. 警察(けいさつ)⓪ （名） 警察

警察(けいさつ)を呼(よ)ぶ。／叫警察

28. 今朝(けさ)① （名） 今早

今朝(けさ)は早(はや)く起(お)きた。／今天早上很早起來

29. 消(け)す⓪ （他五） 關掉，滅掉

電気(でんき)を消(け)す。／關燈

30. 結構(けっこう)⓪③ （ナ形） 很好的，足夠的（用於婉拒時）

結構(けっこう)な品(しな)。／很好的東西

お茶(ちゃ)のおかわりは結構(けっこう)です。／茶不要續杯了

31. 結婚(けっこん)⓪（名）結婚

　ご結婚(けっこん)、おめでとう。／恭喜您結婚

32. 月曜日(げつようび)③（名）星期一

　月曜日(げつようび)までに完成(かんせい)する。／在星期一之前完成

33. 玄関(げんかん)①（名）玄關

　玄関(げんかん)で挨拶(あいさつ)する。／在玄關打招呼

34. 元気(げんき)①（ナ形）有精神

　元気(げんき)を出(だ)して！／打起精神來

35. ～個(こ)（接尾）～個

　玉子(たまご)を10個(じゅっこ)ください。／請給我10個雞蛋

36. 五(ご)①⓪（名）五

　五(ご)足(た)す五(ご)は十(じゅう)。／五加五等於十

37. ～語(ご)①（名）語

　日本語(にほんご)も英語(えいご)もできる。／日語和英語都會

38. 公園(こうえん)⓪（名）公園

　公園(こうえん)で遊(あそ)ぶ。／在公園玩

39. 交差点(こうさてん)③⓪（名）十字路口

　交差点(こうさてん)を渡(わた)る。／過十字路口

40. 紅茶(こうちゃ)⓪①（名）紅茶

　紅茶(こうちゃ)を入(い)れる。／倒紅茶

41. 交番(こうばん)⓪（名）派出所

　交番(こうばん)で道(みち)を聞(き)く。／到派出所問路

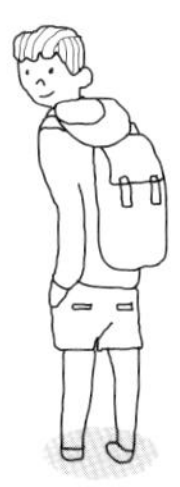

42. 声(こえ)[1]（名）聲音

大(おお)きい声(こえ)で言(い)いましょう。／用大聲説吧

43. コート[1]（名）外套

コートを買(か)いたい。／想買外套

44. コーヒー[3]（名）咖啡

コーヒーを飲(の)む。／喝咖啡

45. 此処(ここ)[0]（代）這裡

ここに置(お)いてください。／請放在這裡

46. 午後(ごご)[1]（名）下午

午後(ごご)に着(つ)く予定(よてい)です。／預定會在下午到達

47. 九日(ここのか)[4]（名）九號

今日(きょう)は1月九日(いちがつここのか)です。／今天是一月九日

48. 九(ここの)つ[2]（名）九個

残(のこ)り九(ここの)つです。／剩下九個

49. ご主人(しゅじん)[2]（名）丈夫（尊稱別人的丈夫）

ご主人(しゅじん)のお仕事(しごと)は？／您丈夫的工作是？

50. 午前(ごぜん)[1][0]（名）上午

午前(ごぜん)1時(いちじ)まで勉強(べんきょう)した。／讀書讀到凌晨一點

每週必背單字 50 個（第 6 週）

1. 答(こた)える[3]（自下一）回答

先生(せんせい)の質問(しつもん)に答(こた)える。／回答老師的問題

2. こちら[0]（代）這邊、這裡

どうぞ、こちらへ。／這邊請

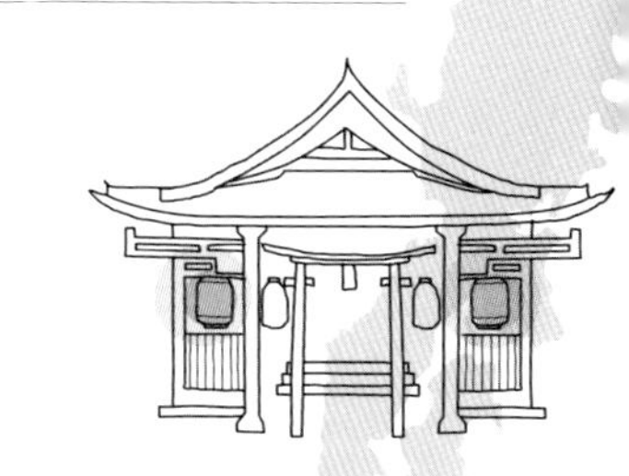

3. こっち[3]（代）這邊、這裡

　こっち、見て！／看這裡

4. コップ[0]（名）杯子

　小さいガラスのコップ。／小玻璃杯

5. 今年[0]（名）今年

　今年もよろしくお願いします。／今年也請多多關照

6. 言葉[3]（名）言語

　言葉を覚える。／背誦字彙

7. 子供[0]（名）小朋友

　公園に子供が大勢います。／公園裡有很多小朋友

8. 此の[0]（連體）這個

　この時計は誰のですか。／這個時鐘是誰的呢？

9. ご飯[1]（名）飯

　ご飯をいただく。／吃飯

10. コピー[1]（名）複製，副本

　コピーをする。／影印

11. 困る[2]（自五）困擾

　時間がなくて困る。／因爲沒時間感到很困擾

12. 此れ[0]（代）這個

　これは素晴らしい本です。／這是非常棒的書

13. ～頃／～頃（名、接尾）前後、左右

　9時ごろに帰ってきた。／9點左右回來了

14. 今月[0][4]（名）這個月

　今月は忙しい。／這個月很忙碌

15. 今週(こんしゅう)[0]（名）這禮拜

試験(しけん)は今週(こんしゅう)の日曜日(にちようび)です。／考試是這週的禮拜日

16. こんな[0]（連體）這樣的、這種的

こんな車(くるま)がほしい。／想要這種車子

17. 今晩(こんばん)[1]（名）今晚

今晩(こんばん)、時間(じかん)ある？／今晚有時間嗎

18. ～歳(さい)（接尾）～歲

５０歳(ごじゅっさい)まで働(はたら)く。／工作到５０歲

19. 財布(さいふ)[0]（名）錢包

財布(さいふ)を落(お)とした。／錢包掉了

20. 魚(さかな)[0]（名）魚

魚(さかな)を釣(つ)る。／釣魚

21. 先(さき)[0]（接尾）先、頂端

どうぞ、先(さき)に行(い)ってください。／請先走

22. 咲(さ)く[0]（自五）開

桜(さくら)が咲(さ)く。／櫻花開

23. 作文(さくぶん)[0]（名）作文

日本語(にほんご)で作文(さくぶん)を書(か)く。／用日語寫作文

24. 差(さ)す[1]（他五）撐

傘(かさ)を差(さ)す。／撐傘

25. ～冊(さつ)（造語）～本

雑誌(ざっし)を２冊(にさつ)読(よ)んだ。／讀了兩本雜誌

26. 雑誌（ざっし）⓪（名）雜誌

日本語（にほんご）の雑誌（ざっし）がほしい。／想要日文的雜誌

27. 砂糖（さとう）②（名）砂糖

コーヒーに砂糖（さとう）を入（い）れる。／咖啡裡加砂糖

28. 寒（さむ）い②（形）冷的

日本（にほん）の冬（ふゆ）は寒（さむ）い。／日本的冬天很冷

29. 再来年（さらいねん）⓪（名）後年

再来年（さらいねん）まで日本（にほん）で留学（りゅうがく）する。／在日本留學到後年爲止

30. 三（さん）⓪（名）三

三（さん）引（ひ）く二（に）は一（いち）です。／三減二等於一

31. 散歩（さんぽ）⓪（名）散步

公園（こうえん）を散歩（さんぽ）する。／在公園散步

32. 四（し）①／四（よん）①（名）四

四番（よんばん）を押（お）してください。／請按四號

33. ～時（じ）（接尾）～點

四時（よじ）までに来（き）てください。／請在四點以前來

34. 塩（しお）②（名）鹽

塩（しお）をつけて食（た）べる。／沾鹽吃

35. しかし②（接續）但是

車（くるま）を買（か）いたい、しかし、お金（かね）がない。／想買車、但沒錢

36. 時間（じかん）⓪（名）時間

約束（やくそく）の時間（じかん）に遅（おく）れた。／遲到了

37.～時間（接尾）～小時

コンビニは２４時間営業。／便利商店是２４小時營業

38.仕事⓪（名）工作

仕事を休む。／休假

39.辞書①（名）字典

辞書を調べる。／查字典

40.静か①（ナ形）安靜

静かに歩く。／安靜地走

41.下⓪②（名）下面

椅子の下に犬がいる。／椅子的下面有隻狗

42.七②／七①（名）七

七月が一番暑いです。／七月是最熱的

43.質問⓪（名、自サ）疑問、問題

質問はありませんか。／有沒有疑問？

44.自転車②（名）腳踏車

自転車に乗って学校へ行く。／騎腳踏車上學

45.自動車②（名）汽車

自動車で移動する。／坐汽車移動

46.死ぬ⓪（自五）死掉、死去

水が汚れて、魚が死んだ。／水髒，魚死了

47.字引③（名）字典

字引を引く。／查字典

じぶん
48. 自分[0]（代）自己

なん　じぶん
何でも自分でやる。／什麼都自己來

し
49. 閉まる[2]（自五）關著

みせ　し
あの店のドアが閉まった。／那間店的門關了

し
50. 閉める[2]（他下一）關閉、闔上

まど　し　ね
窓を閉めて寝る。／關窗睡覺

每週必背單字 50 個（第 7 週）

し
1. 締める[2]（他下一）結、繫

し
ネクタイを締める。／打領帶

しゃしん
2. 写真[0]（名）照片

いっしょ　しゃしん　と
一緒に写真を撮りましょう。／一起拍張照片吧

3. シャツ[1]（名）襯衫

しろ　きが
白いシャツに着替える。／換穿白襯衫

4. シャワー[1]（名）淋浴

あ
シャワーを浴びる。／淋浴

じゅう
5. 十[1]（名）十

いち　じゅう　かぞ
一から十まで数える。／從一數到十

じゅう
6. ～中（接尾）整個、全

せかいじゅう　ひと　し
世界中の人たちに知らせる。／告訴全世界的人們

しゅうかん
7. 週間[0]（名）星期、週

しゅうかんてんきよほう　つた
週間天気予報を伝える。／報導本週天氣預告

じゅぎょう
8. 授業[1]（名）上課、教課

にほんご　じゅぎょう　なんじ
日本語の授業は何時からですか。／日語課從幾點開始？

9. 宿題(しゅくだい)0（名）作業

毎晩(まいばん)1時間宿題(じかんしゅくだい)をする。／每晚做一個小時作業

10. 上手(じょうず)3（ナ形）高明、好

歌(うた)が上手(じょうず)です。／很會唱歌

11. 丈夫(じょうぶ)0（ナ形）健壯、結實

丈夫(じょうぶ)な体(からだ)。／健壯的身體

12. 醤油(しょうゆ)0（名）醬油

醤油(しょうゆ)をつけて食(た)べる。／沾醬油吃

13. 食堂(しょくどう)0（名）食堂、餐廳

お昼(ひる)ごはんはいつも大学(だいがく)の食堂(しょくどう)です。／中餐都在大學的食堂吃

14. 知(し)る0（他五）知道、理解

何(なに)も知(し)りません。／什麼都不知道

15. 白(しろ)1（名）白、白色

白(しろ)の紙(かみ)はありませんか。／有沒有白色的紙？

16. 白(しろ)い2（形）白色的

白(しろ)いスカートがほしいです。／想要一件白色的裙子

17. ～人(じん)（接尾）…人

原宿(はらじゅく)には外国人(がいこくじん)が大勢(たいせい)います。／原宿有很多的外國人

18. 新聞(しんぶん)0（名）報紙

新聞(しんぶん)を読(よ)んで、日本語(にほんご)の勉強(べんきょう)をする。／看報紙學日語

19. 水曜日(すいようび)3（名）星期三

日本語(にほんご)の授業(じゅぎょう)は水曜日(すいようび)です。／日語的課程在星期三

20.吸(す)う[0]（他五）吸，抽，吸收

タバコを吸(す)う。／抽菸

21.スカート[2]（名）裙子

スカートを履(は)く。／穿裙子

22.好(す)き[2]（ナ形）喜好、喜愛

音楽(おんがく)が好(す)きです。／喜歡音樂

23.直(す)ぐ[1]（副）馬上，（距離）近

直(す)ぐ行(い)きますので、少(すこ)しお待(ま)ちください。／馬上過去請等一下

24.少(すく)ない[3]（形）少、不多

人数(にんずう)が少(すく)ない。／人數太少

25. 少(すこ)し[2]（副）少量、一點點

もう少(すこ)しお待(ま)ちください。／請再稍等一下

26.涼(すず)しい[3]（形）涼、涼爽

秋(あき)は涼(すず)しいです。／秋天很涼爽

27.～ずつ（副助）各…、每…

重(おも)いので、一回(いっかい)に1個(いっこ)ずつ持(も)ってください。／很重，請一次拿一個

28.ストーブ[2]（名）火爐、暖爐

ストーブをつけて、部屋(へや)を暖(あたた)かくします。／開暖爐讓房間暖和一點

29.スプーン[2]（名）湯匙

スプーンでスープを飲(の)む。／用湯匙喝湯

30.スポーツ[2]（名）運動

スポーツの秋(あき)だ。／秋天是運動的季節

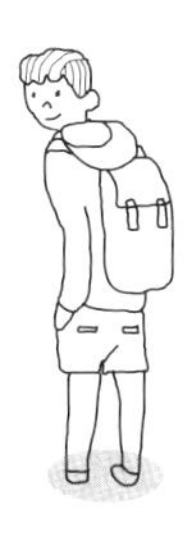

31. ズボン② (名) 西裝褲、褲子

ズボンを履(は)きます。／穿長褲

32. 住(す)む① (動) 居住、棲息

学生寮(がくせいりょう)に住(す)む。／住學生宿舍

33. スリッパ②① (名) 拖鞋

スリッパを履(は)く。／穿拖鞋

34. する⓪ (他サ) 做、進行

勉強(べんきょう)する。／做學習

35. 座(すわ)る⓪ (自五) 坐、跪坐

畳(たたみ)の上(うえ)に座(すわ)る。／跪坐在榻榻米

36. 背(せ)① (名) 身高、脊梁

背(せ)が高(たか)い。／身材高大

37. 生徒(せいと)① (名) (小學、中學、高中) 學生

生徒(せいと)の人数(にんずう)が少(すく)ない。／學生人數很少

38. セーター① (名) 毛衣

セーターを編(あ)む。／編織毛衣

39. 石鹸(せっけん)⓪ (名) 香皂、肥皂

石鹸(せっけん)で手(て)を洗(あら)う。／用香皂洗手

40. 背広(せびろ)⓪ (名) 西裝

男性(だんせい)が背広(せびろ)を着(き)る。／男生穿西裝

41. 狭(せま)い② (形) 窄小、狹隘

道(みち)が狭(せま)い。／道路狹窄

42. ゼロ① (名) 零

ゼロから数(かぞ)える。／從零開始數

43. 千(せん)[1]（名）千

合計(ごうけい)で千円(せんえん)です。／合計是一千日元

44. 先月(せんげつ)[1]（名）上個月

先月日本(せんげつにほん)へ行(い)きました。／上個月去了日本

45. 先週(せんしゅう)[0]（名）上週

授業(じゅぎょう)は先週(せんしゅう)まででした。／課上到上星期

46. 先生(せんせい)[3]（名）老師

先生(せんせい)になりたいです。／想當老師

47. 洗濯(せんたく)[0]（名・他サ）清洗、洗滌

制服(せいふく)を洗濯(せんたく)する。／洗制服

48. 全部(ぜんぶ)[1]（名）全部

全部(ぜんぶ)でいくらですか。／一共多少錢？

49. 掃除(そうじ)[0]（名・他サ）打掃、掃除

部屋(へや)を掃除(そうじ)する。／打掃房間

50. 其処(そこ)[0]（代）那裡、那邊

そこは図書館(としょかん)です。／那邊是圖書館

每週必背單字50個（第8週）

1. そして[0]／そうして[0]（接續）而且、然後、以及

声(こえ)も良(よ)い、そして、発音(はつおん)も良(よ)い。／音質好而且發音很棒

2. そちら[0]（代）那兒、那邊、那位

花屋(はなや)はそちらです。／花店在那邊

3. そっち[3]（代）那兒、那邊、那位

そっちへ行(い)こう。／到那邊去吧

4. 外（そと）[1]（名）外面、戶外

外（そと）は雨（あめ）です。／外面下雨

5. 其（そ）の[0]（連體）那…、那個…

そのかばんは誰（だれ）のですか。／那個皮包是誰的呢？

6. 側（がわ）[0]／傍（そば）[1]（名）旁邊、側邊

側（がわ）にいてください。／請待在我旁邊

7. 空（そら）[1]（名）天空

小鳥（ことり）は空（そら）を飛（と）ぶ。／小鳥在天空飛

8. 其（そ）れ[0]（代）那個、那樣

それは何（なん）ですか。／那是什麼？

9. 其（そ）れから[0]（接續）然後、後來

大学（だいがく）へいって、それから、図書館（としょかん）へ行（い）きました。／去大學，然後去了圖書館

10. 其（そ）れでは[3]（接續）那麼

それでは、今日（きょう）はここで。／那麼，今天就到這裡

11. ～台（だい）（接尾）台、輛、架

タクシーを1台（いちだい）お願（ねが）いします。／麻煩幫忙叫一台計程車

12. 大学（だいがく）[0]（名）大學

大学（だいがく）に入（はい）る。／上大學

13. 大使館（たいしかん）[3]（名）大使館

大使館（たいしかん）に連絡（れんらく）する。／聯絡大使館

14. 大丈夫（だいじょうぶ）[3]（ナ形）可靠、牢固、沒問題

ここに置（お）いても大丈夫（だいじょうぶ）でしょうか。／可以放在這裡嗎？

15. 大好き（だいすき）[1]（ナ形）非常喜歡、最喜歡

甘（あま）いものが大好き（だいすき）です。／最喜歡吃甜食

16. 大切（たいせつ）[0]（ナ形）重要、珍惜

親（おや）は大切（たいせつ）な人（ひと）です。／父母親是最重要的人

17. 大抵（たいてい）[0]（副）大致、多半、差不多

漢字（かんじ）はたいてい分（わ）かる。／漢字大致都了解

18. 台所（だいどころ）[0]（名）廚房

台所（だいどころ）で料理（りょうり）を作（つく）る。／在廚房做料理

19. 大変（たいへん）[0]（ナ形）嚴重、不得了、糟糕

大雨（おおあめ）で大変（たいへん）でした。／遇到了下大雨很糟糕

20. 高い（たかい）[2]（形）高的、貴的

値段（ねだん）が高（たか）いです。／價錢很貴

21. 沢山（たくさん）[0][3]（副・ナ形）很多、足夠

図書館（としょかん）に本（ほん）が沢山（たくさん）あります。／圖書館裡有很多書

22. タクシー[1]（名）計程車

タクシーを拾（ひろ）う。／攔計程車

23. ～だけ[2]（副助）只有…

学生（がくせい）が一人（ひとり）だけでした。／只有一個學生

24. 出す（だす）[1]（他五）拿出、寄出、伸出

郵便（ゆうびん）を出（だ）す。／寄郵件

25. ～達（たち）（接尾）（表人的複數）…們

私（わたし）たちは学生（がくせい）です。／我們是學生

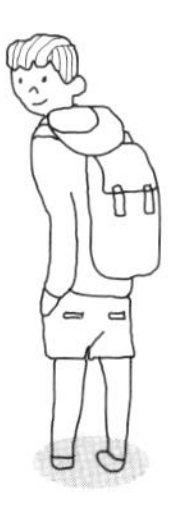

26. 立(た)つ① (自五) 站立、升、出發

入(い)り口(ぐち)の前(まえ)に立(た)たないで。/不要站在入口處

27. 縦(たて)① (名) 縱、豎、直

縦(たて)に書(か)く。/直寫

28. 建物(たてもの)②③ (名) 建築物、房屋

大(おお)きな建物(たてもの)。/大的建築物

29. 楽(たの)しい③ (形) 愉悅、快樂的

日本語(にほんご)の勉強(べんきょう)が楽(たの)しい。/學日語很開心

30. 頼(たの)む② (動) 請求、委託、依靠

用事(ようじ)を頼(たの)みます。/拜託事情

31. 煙草(たばこ)⓪ (名) 香菸、菸草

室内(しつない)で煙草(たばこ)を吸(す)わないで。/不要在室內抽菸

32. 多分(たぶん)① (副) 或許、應該

多分大丈夫(たぶんだいじょうぶ)でしょうか。/應該沒問題吧

33. 食(た)べ物(もの)④③ (名) 食物

好(す)きな食(た)べ物(もの)は何(なん)ですか。/喜歡吃什麼食物呢?

34. 食(た)べる② (動) 吃

ラーメンを食(た)べる。/吃拉麵

35. 卵(たまご)②⓪ (名) 蛋

スーパーで卵(たまご)を買(か)う。/在超市買蛋

36. 誰(だれ)① (代) 誰、哪位

この教科書(きょうかしょ)は誰(だれ)のですか。/這本教科書是誰的?

37. 誕生日（たんじょうび）[3]（名）生日

お誕生日（たんじょうび）はいつですか。／您的生日是什麼時候？

38. 段々（だんだん）[1][0]（副）逐漸的、慢慢的

だんだん寒（さむ）くなる。／漸漸變冷

39. 小（ち）さい[3]（形）小的、輕微的

小（ち）さい子供（こども）。／小孩子

40. 小（ち）さな[1]（連體）小、微小

小（ち）さな石（いし）。／小石頭

41. 近（ちか）い[2]（形）近、相似

大学（だいがく）は駅（えき）に近（ちか）いです。／大學距離車站很近

42. 違（ちが）う[0]（自五）不同、錯誤

食（た）べ物（もの）が違（ちが）う。／食物不相同

43. 近（ちか）く[2][0]（名）附近、近期

本屋（ほんや）は大学（だいがく）の近（ちか）くにある。／書店位在大學附近

44. 地下鉄（ちかてつ）[0]（名）地下鐵

地下鉄（ちかてつ）に乗（の）る。／搭地下鐵

45. 地図（ちず）[1]（名）地圖

地図（ちず）を書（か）く。／畫地圖

46. 父（ちち）[2][1]（名）家父、爸爸

父（ちち）は公務員（こうむいん）です。／我爸爸是公務員

47. 茶色（ちゃいろ）[0]（名）茶色、咖啡色

茶色（ちゃいろ）の靴（くつ）がほしいです。／想要咖啡色的鞋子

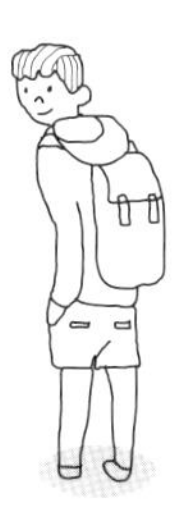

48. 茶碗(ちゃわん)[0]（名）碗

茶碗(ちゃわん)に盛(も)る。／盛到碗裡

49. ～中(ちゅう)（接尾）期間、正在…當中

午前中(ごぜんちゅう)お買(か)い物(もの)に行(い)く。／在中午前去買東西

50. ちょっと[1][0]（副）稍微、一下子

ちょっと待(ま)って！／稍等一下

每週必背單字 50 個（第 9 週）

1. 一日(ついたち)[3][4]（名）一日、一號

今日(きょう)は一月一日(いちがつついたち)です。／今天是一月一日

2. 使(つか)う[0]（他五）使用

頭(あたま)を使(つか)う。／動腦

3. 疲(つか)れる[3]（自下一）疲倦

体(からだ)が疲(つか)れる。／身體疲累

4. 次(つぎ)[2]（名）下次、下一個

次(つぎ)のお客様(きゃくさま)、どうぞ。／下一位來賓、請進

5. 着(つ)く[1][2]（自五）到達、抵達

何時(なんじ)に着(つ)きますか。／幾點會抵達呢？

6. 机(つくえ)[0]（名）桌子

机(つくえ)に向(む)かって勉強(べんきょう)する。／坐在書桌前讀書

7. 作(つく)る[2]（他五）做、創作

文章(ぶんしょう)を作(つく)る。／寫文章

8. 点(つ)ける[2]（他下一）點（火）、扭開（開關）

電気(でんき)を点(つ)けてください。／請將電燈打開

9. 勤(つと)める[3]（自下一）工作、擔任（職務）

会社(かいしゃ)に勤(つと)める。／在公司上班

10. 詰(つ)まらない[3]（形）無趣、無意義

テレビが詰(つ)まらない。／電視很無聊

11. 冷(つめ)たい[0]（形）冰涼、冷的

手(て)が冷(つめ)たい。／手很冰涼

12. 強(つよ)い[2]（形）強壯、有勁

力(ちから)が強(つよ)い／很有力量

13. 手(て)[1]（名）手、手掌

手(て)をあげる。／舉手

14. テープ[1]（名）膠帶、卡帶

テープを貼(は)る。／貼膠帶

15. テーブル[0]（名）桌子

テーブルについてください。／請入座

16. テープレコーダー[5]（名）磁帶錄音機

テープレコーダーで録音(ろくおん)する。／用錄音機錄音

17. 出(で)かける[0]（自下一）出門

今(いま)から出(で)かけます。／現在要出門

18. 手紙(てがみ)[0]（名）信

日本語(にほんご)で手紙(てがみ)を書(か)く。／用日文寫信

19. 出来(でき)る[2]（自上一）能、會、做得到

準備(じゅんび)ができた。／準備好了

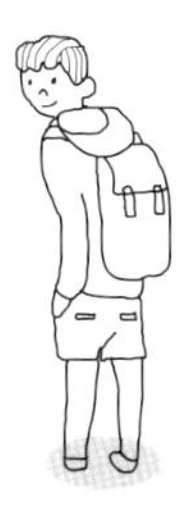

20. 出口(でぐち)① (名) 出口

出口(でぐち)はどっちでしょうか。／出口在哪邊？

21. テスト① (名) 考試

テストを受(う)ける。／參加考試

22. では① (感) 那麼、那樣

では、先(さき)に失礼(しつれい)します。／那麼、我先告辭了

23. デパート② (名) 百貨公司

デパートでお買(か)い物(もの)する。／在百貨公司買東西

24. でも (接續) 可是、就算

とても疲(つか)れました。でも、本当(ほんとう)に楽(たの)しかった。／非常疲累、但很開心

25. 出(で)る① (自下一) 出來

電話(でんわ)に出(で)てください。／請接一下電話

26. テレビ① (名) 電視

毎晩(まいばん)テレビを見(み)ます。／每晚看電視

27. 天気(てんき)① (名) 天氣

明日(あした)の天気(てんき)はどうでしょうか。／明天的天氣如何？

28. 電気(でんき)① (名) 電燈、電力、電器

電気(でんき)を点(つ)けて、明(あか)るくします。／開燈弄亮一些

29. 電車(でんしゃ)①⓪ (名) 電車

電車(でんしゃ)で学校(がっこう)へ行(い)きます。／搭電車去學校

30. 電話(でんわ)⓪ (名) 電話

電話(でんわ)が鳴(な)る。／電話響了

31. 戸(と)[0]（名）門

戸(と)を閉(し)めてください。／請把門關起來

32. ～度(ど)（接尾）次

もう一度(いちど)言(い)ってください。／請再説一次

33. ドア[1]（名）門

ドアが閉(し)まります。ご注意(ちゅうい)ください。／門要關了，請小心

34. トイレ[1]（名）洗手間

トイレを流(なが)す。／沖馬桶

35. どう[1]（副）如何

どうしましたか。／怎麼了？

36. どうして[1]（副）爲什麼

どうして、遅刻(ちこく)しましたか。／爲什麼遲到了？

37. どうぞ[1]（副）請

どうぞ、こちらへ。／請往這邊

38. 動物(どうぶつ)[0]（名）動物

動物(どうぶつ)が大好(だいす)きです。／很喜歡動物

39. どうも[1]（副）實在是、很

どうも、すみません。／實在抱歉

40. 十(とお)[1]（名）十

ケーキが十(とお)あります。／有十個蛋糕

41. 遠(とお)い[0]（形）遙遠的

目的地(もくてきち)までが遠(とお)い。／離目的地還很遠

42. 十日（とおか）[0]（名）十天、十號

誕生日（たんじょうび）は十月十日（じゅうがつとおか）です。／生日是在十月十日

43. 時（とき）[2]（名）時候

勉強（べんきょう）する時（とき）、電気（でんき）を点（つ）けて明（あか）るくしましょう。／讀書時要開燈

44. 時々（ときどき）[2]（副）時常

時々（ときどき）映画（えいが）を見（み）に行（い）きます。／時常去看電影

45. 時計（とけい）[0]（名）時鐘

時計（とけい）が止（と）まった。／鐘停了

46. 何処（どこ）[1]（代）哪裡

電車駅（でんしゃえき）はどこにありますか。／電車站在哪裡？

47. 所（ところ）[0][3]（名）地方

図書館（としょかん）は勉強（べんきょう）する所（ところ）です。／圖書館是讀書的地方

48. 年（とし）[2]（名）年、年紀

年（とし）を取（と）った。／上了年紀

49. 図書館（としょかん）[2]（名）圖書館

図書館（としょかん）に本（ほん）を返（かえ）す。／還書給圖書館

50. どちら[1]（代）哪裡、哪位、哪邊

すみません、どちら様（さま）でしょうか。／抱歉，請問您是哪位？

每週必背單字50個（第10週）

1. どっち[1]（代）哪裡、哪位、哪邊

桃（もも）とりんごと、どっちが良（い）い？／桃子和蘋果、要哪個？

2. とても[0]（副）非常、很

とても難（むずか）しい。／非常困難

3. どなた[1]（代）誰

すみません。どなた様でしょうか。／抱歉，請問您是哪位？

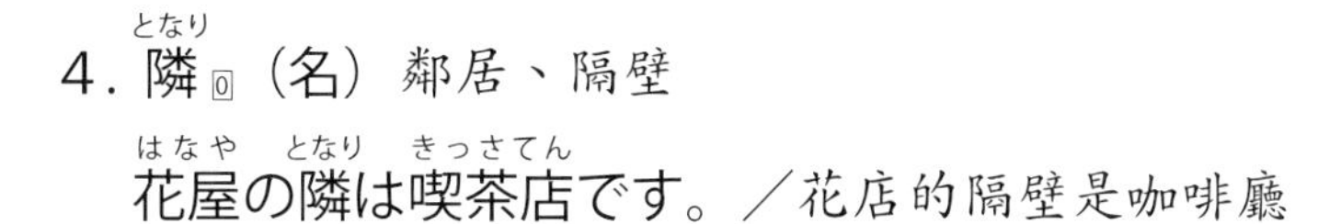

4. 隣[0]（名）鄰居、隔壁

花屋の隣は喫茶店です。／花店的隔壁是咖啡廳

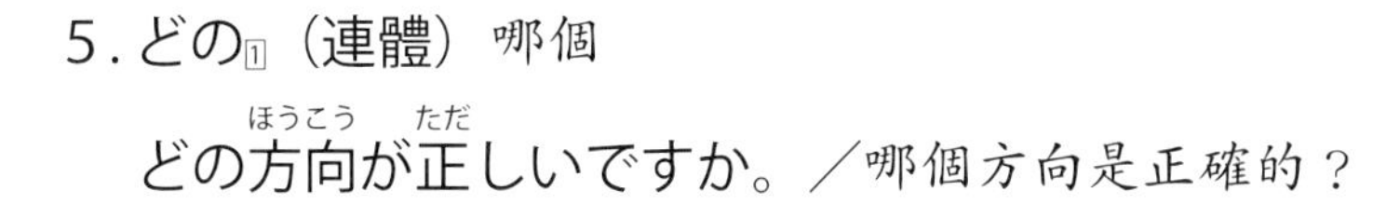

5. どの[1]（連體）哪個

どの方向が正しいですか。／哪個方向是正確的？

6. 飛ぶ[0]（自五）飛

鳥が空を飛ぶ。／鳥在天空飛翔

7. 止まる[0]（自五）停止

時計が止まった。／時鐘停止了

8. 友達[0]（名）朋友

友達を作る。／交朋友

9. 土曜日[2]（名）星期六

土曜日はいつもアルバイトです。／星期六都在打工

10. 鳥[0]（名）鳥

小鳥が空を飛んでいます。／小鳥在天空飛翔

11. 鳥肉[0]（名）雞肉

鳥肉は豚肉より安い。／雞肉比豬肉便宜

12. 取る[1]（他五）拿、取

すみません、醤油を取ってください。／抱歉，請幫忙拿一下醬油

13. 撮る[1]（他五）拍照

教室で写真を撮る。／在教室拍照

14. どれ[1]（代）哪個

どれが一番好きですか。／最喜歡哪一個？

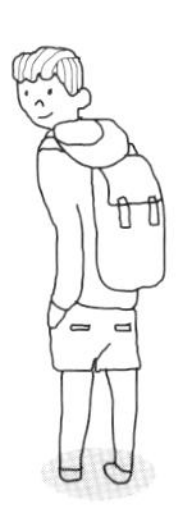

15. どんな[1]（連體）怎樣的

大阪(おおさか)ってどんな町(まち)でしょうか。／大阪是個什麼樣子的都市？

16. 無(な)い[1]（形）沒有

時間(じかん)がない。／沒時間

17. ナイフ[1]（名）小刀

ナイフで果物(くだもの)を切(き)る。／用小刀切水果

18. 中(なか)[1]（名）裡面

かばんの中(なか)に何(なに)がありますか。／皮包裡面有什麼？

19. ながら（接助）一邊…一邊

テープを聴(き)きながら勉強(べんきょう)する。／一邊聽錄音帶一邊讀書

20. 鳴(な)く[0]（自五）鳴叫

鳥(とり)が鳴(な)く。／鳥叫

21. 無(な)くす[0]（他五）弄丟、遺失

財布(さいふ)を無(な)くした。／錢包弄丟了

22. 何故(なぜ)[1]（副）爲何

何故(なぜ)欠席(けっせき)したんですか。／爲何缺席？

23. 夏(なつ)[2]（名）夏天、夏季

夏(なつ)が来(き)た。／夏天到了

24. 夏休(なつやす)み[3]（名）暑假

もう直(す)ぐ夏休(なつやす)みです。／馬上就放暑假了

25. ～等(など)[1]（副助）等等的

冷蔵庫(れいぞうこ)に卵(たまご)や野菜(やさい)などがあります。／冰箱裡有雞蛋蔬菜等的東西

26. 七(なな)つ[2]（名）七個、七歲

星(ほし)が七(なな)つ輝(かがや)いている。／七顆星星閃閃發光

27. 何（なに）[1]／何（なん）[1]（代）什麼

　　これは何（なん）ですか。／這是什麼？

28. 七日（なのか）[3][0]（名）七天、七號

　　毎月（まいつき）の七日（なのか）に集合（しゅうごう）する。／每個月的七號集合

29. 名前（なまえ）[0]（名）名字

　　紙（かみ）に名前（なまえ）を書（か）く。／在紙上寫名字

30. 習（なら）う[2]（他五）學習

　　先生（せんせい）に習（なら）う。／向老師學習

31. 並（なら）ぶ[0]（自五）排列

　　店（みせ）の前（まえ）に人（ひと）が並（なら）んでいる。／店前排了很多人

32. 並（なら）べる[0]（他下一）陳列、擺放

　　椅子（いす）を並（なら）べる。／排椅子

33. 為（な）る[1]（自五）成爲

　　金持（かねも）ちになりたい。／想成爲有錢人

34. 二（に）[1]（名）二

　　一石二鳥（いっせきにちょう）。／一舉兩得

35. 賑（にぎ）やか[2]（ナ形）熱鬧

　　銀座（ぎんざ）は賑（にぎ）やかな町（まち）です。／銀座是個熱鬧的城市

36. 肉（にく）[2]（名）肉

　　肉料理（にくりょうり）が大好（だいす）きです。／喜歡肉類料理

37. 西（にし）[0]（名）西邊、西方

　　太陽（たいよう）は西（にし）に落（お）ちる。／太陽西下

38. 日曜日(にちようび)[3]（名）星期日

日曜日(にちようび)はいつもお休(やす)みです。／星期日都是放假的

39. 荷物(にもつ)[1]（名）行李

車(くるま)で荷物(にもつ)を運(はこ)ぶ。／開車運送行李

40. ニュース[1]（名）新聞

毎朝(まいあさ)ラジオでニュースを聞(き)く。／每天早上用收音機聽新聞

41. 庭(にわ)[0]（名）院子、庭園

子供(こども)たちは庭(にわ)で遊(あそ)んでいる。／小孩子在院子裡玩

42. ～人(にん)（接尾）人

全部(ぜんぶ)で十人(じゅうにん)です。／一共有十個人

43. 脱(ぬ)ぐ[1]（他五）脱

暑(あつ)いので、上着(うわぎ)を脱(ぬ)ぎましょう。／很熱，脱掉外套吧

44. 温(ぬく)い[2]（形）溫的

風呂(ふろ)が温(ぬる)い。／泡澡很溫暖

45. ネクタイ[1]（名）領帶

ネクタイを締(し)める。／打領帶

46. 猫(ねこ)[1]（名）貓

猫(ねこ)を飼(か)いたい。／想養貓

47. 寝(ね)る[0]（自下一）睡覺

早(はや)く寝(ね)る。／早睡

48. ノート[1]（名）筆記本、筆記

ノートをとる。／記筆記

49. 登(のぼ)る[0]（自五）爬

富士山(ふじさん)に登(のぼ)る。／爬富士山

50. 飲(の)み物(もの)[2][3]（名）飲料

飲(の)み物(きの)は何(なに)がいいですか。／要來點什麼飲料？

每週必背單字 50 個（第 10 週）

1. 飲(の)む[1]（他五）喝

薬(くすり)を飲(の)む。／吃藥

2. 乗(の)る[0]（他五）搭乘

車(くるま)に乗(の)る。／搭車

3. 歯(は)[1]（名）牙齒

歯(は)を磨(みが)く。／刷牙

4. パーティー[1]（名）（社交性的）集會、宴會

パーティーを開(ひら)く。／舉辦派對

5. ～杯(はい)／杯(ぱい)（接尾）杯

ビールを一杯(いっぱい)ください。／請給我一杯啤酒

6. 灰皿(はいざら)[0]（名）菸灰缸

灰皿(はいざら)を取(と)ってください。／請幫我拿一下菸灰缸

7. 入(はい)る[1]（自五）進入

耳(みみ)に入(はい)る。／聽聞

8. 葉書(はがき)[0]（名）明信片

先輩(せんぱい)に葉書(はがき)を出(だ)す。／寄明信片給學長

9. 履(は)く[0]／穿(は)く[0]（他五）穿

靴下(くつした)を履(は)く。／穿襪子

10. 箱(はこ) [0]（名）箱子

荷物(にもつ)を箱(はこ)に入(い)れる。／把行李放入箱子

11. 箸(はし) [1]（名）筷子

箸(はし)でうどんを食(た)べる。／用筷子吃烏龍麵

12. 橋(はし) [2]（名）橋

橋(はし)を渡(わた)る。／過橋

13. 始(はじ)まる [0]（自五）開始

授業(じゅぎょう)が始(はじ)まる。／開始上課

14. 初(はじ)めて [2]（副）第一次、初次

生(う)まれて初(はじ)めての経験(けいけん)。／有史以來第一次的經驗

15. 始(はじ)める [0]（他下一）

仕事(しごと)を始(はじ)めましょう。／開始工作吧

16. 走(はし)る [2]（自五）跑

一生懸命(いっしょうけんめい)に走(はし)る。／拼命地跑

17. バス [1]（名）巴士

バス停(てい)でバスを待(ま)つ。／在公車站等公車

18. バター [1]（名）奶油

パンにバターを塗(ぬ)る。／在麵包上塗奶油

19. 二十歳(はたち) [1]（名）二十歲

二十歳(はたち)を迎(むか)える。／迎接二十歲的到來

20. 働(はたら)く [0]（他五）工作

毎日(まいにち)真面目(まじめ)に働(はたら)く。／每天認眞工作

21.八（はち）② （名）八、八個

夏休（なつやす）みは八月（はちがつ）からです。／暑假從八月開始

22.二十日（はつか）⓪ （名）二十日、二十號

来月（らいげつ）の二十日（はつか）に出発（しゅっぱつ）する。／下個月 20 號出發

23.花（はな）② （名）花

春（はる）になると桜（さくら）の花（はな）が咲（さ）く。／春天到櫻花開

24.鼻（はな）⓪ （名）鼻子

あの人（ひと）は鼻（はな）が高（たか）いです／。那個人很傲氣

25. 話（はなし）③ （名）話、講話

ゆっくり話（はなし）を聞（き）きましょう。／慢慢聽你說吧

26.話（はな）す② （他五）說話

日本語（にほんご）で話（はな）しても良（い）いですか。／可以用日語和你交談嗎？

27.母（はは）①② （名）家母

母（はは）は厳（きび）しい人（ひと）です。／我母親很嚴格

28.早（はや）い② （形）（時間）迅速、早

今朝（けさ）早（はや）く起（お）きました。／今早很早起床

29.速（はや）い② （形）快的、（時間）早的

速（はや）く走（はし）りましょう。／跑快一點吧

30.春（はる）① （名）春、春天、春季

春（はる）が来（き）た。／春天到了

31.貼（は）る⓪ （他五）貼上

封筒（ふうとう）に切手（きって）を貼（は）る。／在信封上貼上郵票

32. 晴(は)れ[2][1]（名）晴天、晴朗

晴(は)れのち曇(くも)り。／晴時多雲

33. 晴(は)れる[2]（自下）

空(そら)が晴(は)れてよいお天気(てんき)だ。／天氣晴朗的好天氣

34. 晩(ばん)[0]（名）晚上

朝(あさ)から晩(ばん)まで働(はたら)く。／從早到晚工作

35. ～番(ばん)（接尾）守衛、（順序）第…號

家(いえ)で留守番(るすばん)する。／留守看家

36. パン[1]（名）麵包

朝食(ちょうしょく)はいつもパンだよ。／早餐都是吃麵包

37. ハンカチ[0][1]（名）手帕

ハンカチで汗(あせ)を拭(ふ)く。／使用手帕擦汗

38. 番号(ばんごう)[3]（名）號碼

番号(ばんごう)を調(しら)べる。／查號碼

39. 晩御飯(ばんごはん)[3]（名）晚飯

晩御飯(ばんごはん)はなに作(つく)る？／晚飯要煮什麼？

40. 半分(はんぶん)[3]（名）一半、二分之一

半分(はんぶん)ずつ食(た)べましょう。／各吃一半吧

41. 東(ひがし)[3]（名）東、東方

太陽(たいよう)は東(ひがし)から出(で)る。／太陽從東邊出來

42. ～匹(ひき)／匹(びき)（接尾）（魚、獸、蟲）

犬(いぬ)を2匹(にひき)飼(か)っています。／養了兩隻狗

43. 引(ひ)く[0]（他五）拉、翻查、感染感冒

鉛筆(えんぴつ)で線(せん)を引(ひ)いてください。／請用鉛筆畫線

44. 弾(ひ)く[0]（他五）彈奏

ピアノを弾(ひ)く。／彈鋼琴

45. 低(ひく)い[2]（形）低、矮

背(せ)が低(ひく)い。／個子小

46. 飛行機(ひこうき)[2]（名）飛機

飛行機(ひこうき)に乗(の)る。／搭飛機

47. 左(ひだり)[0]（名）左邊

左(ひだり)へ曲(ま)がってください。／請左轉

48. 人(ひと)[0][2]（名）人

デパートに人(ひと)が大勢(たいぜい)いる。／百貨公司裡有很多人

49. 一(ひと)つ[2]（名）一個

りんごを一(ひと)つください。／請給我一個蘋果

50. 一月(ひとつき)[0]（名）一個月

大学(だいがく)に入(はい)って一月(ひとつき)経(た)った。／上了大學已經過了一個月

每週必背單字50個（第12週）

1. 一人(ひとり)[2]（名）一個人

一人(ひとり)でも大丈夫(だいじょうぶ)。／一個人也沒問題

2. 暇(ひま)[0]（名・ナ形）閒暇、空閒的

暇(ひま)な時(とき)は何(なに)をしますか。／閒暇時做什麼？

3. 百(ひゃく)[2]（名）百

百(ひゃく)まで数(かぞ)えましょう。／數到一百吧

4. 病院（びょういん）[0]（名）醫院

風邪（かぜ）なので、病院（びょういん）へ行（い）く。／感冒要去醫院

5. 病気（びょうき）[0]（名）生病

病気（びょうき）が治（なお）らない。／病好不了

6. 平仮名（ひらがな）[4][3]（名）平假名

平仮名（ひらがな）を覚（おぼ）えてください。／請將平假名背起來

7. 昼（ひる）[2]（名）中午

昼休（ひるやす）みは１時（いちじ）まで。／午休到一點

8. 昼（ひる）ごはん[3]（名）午餐

昼（ひる）ごはんはいつもお弁当（べんとう）だ。／午餐都吃便當

9. 広（ひろ）い[2]（形）寬廣的

公園（こうえん）が広（ひろ）い。／公園很寬廣

10. フィルム[1]（名）底片

フィルムを入（い）れて、写真（しゃしん）を撮（と）る。／裝底片拍照

11. 封筒（ふうとう）[0]（名）信封

封筒（ふうとう）を開（ひら）ける。／打開信封

12. プール[1]（名）游泳池

プールで練習（れんしゅう）する。／在游泳池練習

13. フォーク[1]（名）叉子

洋食（ようしょく）はフォークを使（つか）う。／西餐使用叉子

14. 服（ふく）[2]（名）衣服

服（ふく）を洗濯（せんたく）する。／洗衣服

15. 吹(ふ)く①②（自五）

　冷(つめ)たい風(かぜ)が吹(ふ)く。／吹冷風

16. 二(ふた)つ③（名）兩個

　二(ふた)つに割(わ)ってください。／請分成兩個

17. 豚肉(ぶたにく)⓪（名）豬肉

　豚肉(ぶたにく)を300(さんびゃく)グラムください。／請給我300公克豬肉

18. 二人(ふたり)③（名）兩個人

　二人(ふたり)で旅行(りょこう)に行(い)く。／兩個人去旅行

19. 二日(ふつか)⓪（名）兩天、二號

　二日酔(ふつかよ)いで頭(あたま)が痛(いた)い。／宿醉頭痛

20. 太(ふと)い②（形）肥胖的、粗的

　太(ふと)い鉛筆(えんぴつ)で書(か)きましょう。／用粗的鉛筆寫吧

21. 冬(ふゆ)②（名）冬天、冬季

　熊(くま)は寝(ね)て冬(ふゆ)を過(す)ごす。／熊冬眠過冬

22. 降(ふ)る⓪（自五）

　雨(あめ)が降(ふ)りそうです。／好像快下雨了

23. 古(ふる)い②（形）古老的、舊的

　古(ふる)い町(まち)を見学(けんがく)する。／參觀老街

24. 風呂(ふろ)②①（名）泡澡、浴缸

　風呂(ふろ)に入(はい)る。／泡澡

25. ～分(ぶん)（接尾）

　十時五分前(じゅうじごふんまえ)です。／九點五十五分

26. 文章(ぶんしょう)[1]（名）文章、句子

日本語(にほんご)で文章(ぶんしょう)を書(か)きました。／用日文寫了文章

27. ページ[0]（名）頁

毎日(まいにち)一(いち)ページを勉強(べんきょう)する。／每天讀一頁

28. 下手(へた)[2]（ナ形）不高明、笨拙的

皆(みんな)の前(まえ)でしゃべるのは下手(へた)です。／不擅長在大家前面說話

29. ベッド[1]（名）床

ベッドに寝(ね)てください。／請去床上睡覺

30. ペット[1]（名）寵物

ペットを飼(か)いたい。／想養寵物

31. 部屋(へや)[2]（名）房間

ホテルの部屋(へや)を予約(よやく)しておく。／先預約飯店房間

32. 辺(へん)[0]（名）附近、一帶

この辺(へん)、美味(おい)しい店(みせ)ある？／在這附近有好吃的店嗎？

33. ペン[1]（名）鋼筆、原子筆

ペンで書(か)いてください。／請用鋼筆寫

34. 勉強(べんきょう)[0]（名・自サ）學習、念書

毎晩(まいばん)勉強(べんきょう)する。／每晚都讀書

35. 便利(べんり)[1]（ナ形）方便的

寮(りょう)は駅(えき)に近(ちか)いので、便利(べんり)だ。／車站距離宿舍近很方便

36. 方(ほう)[1]（名）（用於並列或比較屬於哪一）類型

小(ち)さいよりも大(おお)きいほうがいいでしょう。／比起小的大的比較好吧

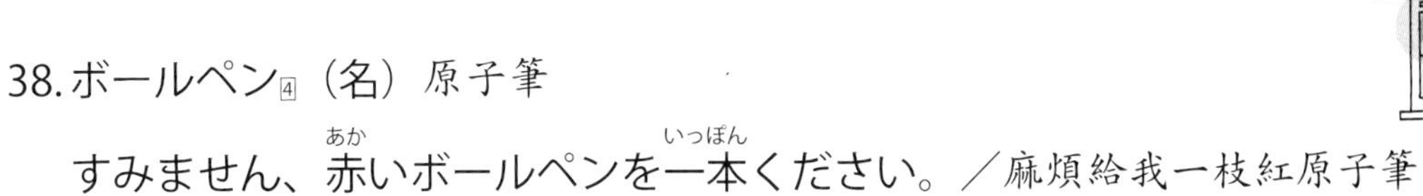

37. 帽子(ぼうし)⓪（名）帽子

帽子(ぼうし)をかぶる。／戴帽子

38. ボールペン④（名）原子筆

すみません、赤(あか)いボールペンを一本(いっぽん)ください。／麻煩給我一枝紅原子筆

39. 他(ほか)⓪／外(ほか)⓪（名）其他、以外

他(ほか)の物(もの)を買(か)っても良(よ)いですか。／可以買其他的東西嗎？

40. ポケット②（名）口袋

ポケットに入(い)れてください。／請放到口袋裡

41. 欲(ほ)しい②（形）想要

通勤(つうきん)の車(くるま)が欲(ほ)しい。／想要台上下班開的車

42. ポスト①（名）郵筒

郵便(ゆうびん)をポストに入(い)れる。／將信件放入郵筒

43. 細(ほそ)い②（形）細小的、窄的

体(からだ)が細(ほそ)い。／身體瘦小

44. ボタン⓪（名）鈕扣

ボタンをはめてちょうだい。／請將鈕扣扣好

45. ホテル①（名）飯店、旅館

出張(しゅっちょう)でホテルに泊(と)まる。／出差住飯店

46. ～本(ほん)（接尾）瓶、支、條

ジュース二本(にほん)ください。／請給我兩瓶果汁

47. 本棚(ほんだな)①（名）書櫃

本(ほん)を本棚(ほんだな)に並(なら)べた。／把書擺放在書櫃

48. 本当（ほんとう）⓪（名、ナ形）眞正、實在

その話（はなし）は本当（ほんとう）ですか。／這話是眞的嗎？

49. 本当（ほんとう）に⓪（副）眞正、眞實地

本当（ほんとう）にありがとうございました。／眞的很感謝您

50. ～枚（まい）（接尾）片、張

３０円（さんじゅうえん）の切手（きって）を五枚（ごまい）ください。／請給我5張30元郵票

每週必背單字50個（第13週）

1. 毎朝（まいあさ）①（名）每天早上

毎朝運動（まいあさうんどう）する。／每天早上都運動

2. 毎月（まいつき）⓪／毎月（まいげつ）①（名）每月

毎月（まいつき）のお小遣（こづか）いはどのぐらいですか。／每個月的零用錢大約有多少？

3. 毎週（まいしゅう）⓪（名）每週

毎週（まいしゅう）の日曜日（にちようび）に教会（きょうかい）に行（い）く。／每星期日去教會

4. 毎年（まいとし）⓪（名）每年

桜（さくら）は毎年（まいとし）咲（さ）く。／櫻花每年都會開

5. 毎日（まいにち）①（名）每天

毎日（まいにち）お風呂（ふろ）に入（はい）る。／每天都泡澡

6. 毎晩（まいばん）①（名）每晚

毎晩（まいばん）お酒（さけ）を飲（の）む。／每晚都喝酒

7. 前（まえ）①（名）前面、～之前

寝（ね）る前（まえ）に歯（は）を磨（みが）く。／睡覺之前先刷牙

8. 曲（ま）がる⓪（自五）彎曲、拐彎

本屋（ほんや）は右（みぎ）へ曲（ま）がって直（す）ぐです。／書局右轉就到了

9. 不味(まず)い[2]（形）不好吃的、難吃的

　寮(りょう)の食事(しょくじ)が不味(まず)いです。／宿舍的餐點不好吃

10. 又(また)[2]（副）又、再、且、也、亦

　また会(あ)いましょうね。／要再見面喔

11. 未(ま)だ[1]（副）還、尚、仍然、才、不過、而且

　未(ま)だ仕事(しごと)が終(お)わっていない。／工作還没做完

12. 町(まち)[2]（名）城鎮、街道

　町(まち)を見学(けんがく)する。／參觀市鎮

13. 待(ま)つ[1]（他五）等候、等待、期待

　バスを待(ま)つ。／等公車

14. 真(ま)っ直(ま)ぐ[3]（副・ナ形）筆直的、不彎曲

　まっすぐに歩(ある)けない。／ 無法走直線

15. マッチ[1]（名）火柴

　マッチで火(ひ)をつける。／用火柴點火

16. 窓(まど)[1]（名）窗户

　窓(まど)を開(あ)ける。／打開窗户

17. 丸(まる)い[0]／円(まる)い[0]（形）圓的、圓形、球形

　今晩(こんばん)の月(つき)が丸(まる)いです。／今晚月亮很圓

18. 万(まん)[1]（名）萬

　初任給(しょにんきゅう)は１８(じゅうはち)万円(まんえん)です。／起薪18萬日元

19. 万年筆(まんねんひつ)[3]（名）鋼筆

　万年筆(まんねんひつ)を使(つか)う人(ひと)が少(すく)ない。／使用鋼筆的人很少

20. 磨く[0]（他五）刷洗，研磨，琢磨

三食の後に歯を磨く。／三餐飯後要刷牙

21. 右[0]（名）右、右側、右方

右へ曲がってください。／請往右轉

22. 短い[3]（形）（時間）短的、（距離）近的

時間が短くて書けなかった。／時間太短寫不完

23. 水[0]（名）水

水を2杯ください。／請給我有杯水

24. 店[2]（名）店、商店、店舗

店は朝10時から午後6時までです。／店從早上10點開到下午6點

25. 見せる[2]（他下一）讓…看、給…看、展示

すみません、パスポートを見せてください。／抱歉，請借看護照一下

26. 道[0]（名）路、道路

道に迷う。／迷路

27. 三日[0]（名）三日、三號、三天

三日に一度スーパーに行く。／三天去一次超市

28. 三つ[3]（名）三個、三

三つしか残っていない。／只剩三個

29. 緑[1]（名）綠色、綠葉

みどりの窓口。／日本JR賣票窗口

30. 皆さん[2]（名）大家、各位

皆さんによろしく。／請代向大家問好

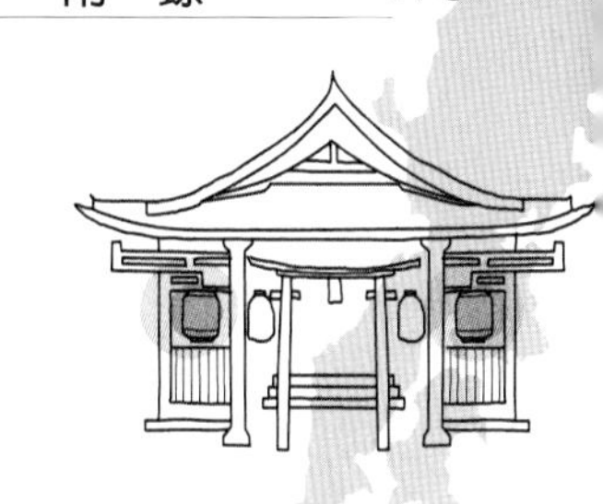

31. 南（みなみ）[0]（名）南、南方、南邊

南（みなみ）へ行（い）くと暖（あたた）かくなる。／往南方去就變溫暖

32. 耳（みみ）[2]（名）耳朵

耳（みみ）が遠（とお）い。／重聽

33. 見（み）る[1]（他上一）看、參觀、觀察、照料

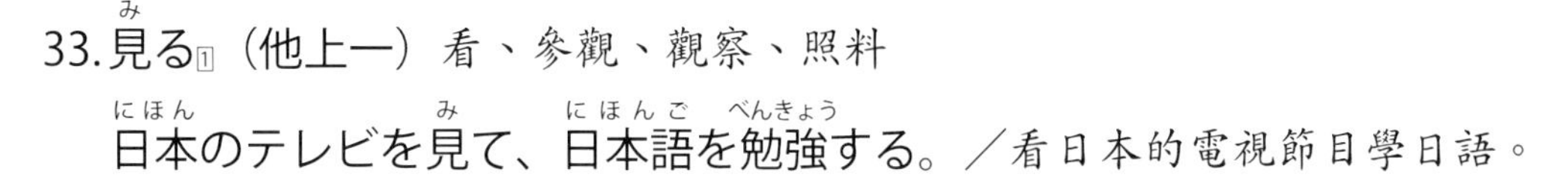

日本（にほん）のテレビを見（み）て、日本語（にほんご）を勉強（べんきょう）する。／看日本的電視節目學日語。

34. 皆（みな）[0]（名）大家，全部，全體

警察（けいさつ）は皆（みな）の安全（あんぜん）を守（まも）る。／警察保護大家的安全

35. 六日（むいか）[0]（名）（　月）六日、六號、六天

週（しゅう） 六日間（むいかかん）仕事（しごと）する。／一週工作六天

36. 向（む）こう[0]（名）對面、另一側

川（かわ）の向（む）こうは野原（のはら）だ。／河流的另一面是平原

37. 難（むずか）しい[0]（形）困難的、麻煩的

文法（ぶんぽう）が一番難（いちばんむずか）しい。／文法最困難

38. 六（むっ）つ[3]（名）六個、六歲

小（ち）さい鍋（なべ）を六（むっ）つ買（か）いました。／買了六個小鍋子

39. 村（むら）[2]（名）村子

田舎（いなか）の小（ち）さな村（むら）に住（す）んでいました。／以前住在鄉下的小村莊

40. 目（め）[1]（名）眼睛、視力

目（め）が良（よ）い。／好眼力。

41. メートル[0]（名）公尺、米

長（なが）さは五十（ごじゅう）メートルです。／長度是五十公尺

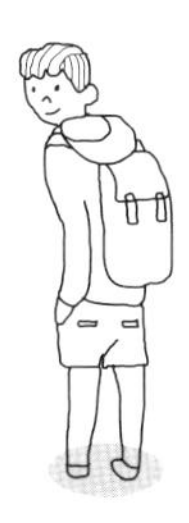

42. 眼鏡(めがね)① （名） 眼鏡

眼鏡(めがね)をかけないと見(み)えない。／不戴眼鏡看不到

43. もう⓪① （副） 已經、另外、再

もう少(すこ)しでお正月(しょうがつ)です。／再過一些日子就過年了

44. 申(もう)す① （他五） 説、叫做、稱爲、告訴（謙讓語）

私(わたし)は田中(たなか)と申(もう)します。／敝姓田中

45. 木曜日(もくようび)③ （名） 星期四

木曜日(もくようび)の夜(よる)は塾(じゅく)があります。／星期四晚上要補習

46. もしもし① （感） 喂

もしもし、こんにちは。田中(たなか)と申(もう)します。／喂，您好。我叫田中

47. 持(も)つ① （他五） 拿、帶、攜帶

お荷物(にもつ)をお持(も)ちしましょうか。／我來拿行李吧

48. もっと① （副） 更、再

もっと大(おお)きい声(こえ)で言(い)ってください。／請再講大聲一點

49. 物(もの)⓪② （名） （有形、無形的）物品、東西

これはなかなか素晴(すば)らしい物(もの)です。／這是很好的東西

50. 門(もん)① （名） 門

門(もん)の前(まえ)に車(くるま)が止(と)まっています。／門前停了輛車

每週必背單字50個（第14週）

1. 問題(もんだい)⓪ （名） 問題

先生(せんせい)の問題(もんだい)に答(こた)えてください。／請回答老師的問題

2. ～屋(や) （接尾） 店

駅前(えきまえ)に本屋(ほんや)や薬屋(くすりや)などがあります。／站前有書局、藥店等的商家

3. 八百屋（やおや）[0]（名）蔬果店

   八百屋（やおや）で野菜（やさい）を買（か）う。／在蔬果店買蔬菜

4. 野菜（やさい）[0]（名）蔬菜

   野菜（やさい）は体（からだ）に良（よ）いです。／蔬菜對身體好

5. 易（やさ）しい[0][3]（形）簡單、容易的

   易（やさ）しい小説（しょうせつ）を読（よ）んで日本語（にほんご）を勉強（べんきょう）します。／讀簡單的小說學日語

6. 安（やす）い[2]（形）便宜的

   鳥肉（とりにく）は牛肉（ぎゅうにく）より安（やす）いです。／鷄肉比牛肉便宜

7. 休（やす）み[3]（名）休息、放假、假日

   休（やす）みを取（と）って、旅行（りょこう）に行（い）きます。／請休假去旅行

8. 休（やす）む[2]（他五）休息、請假、就寢

   水（みず）を飲（の）んで休（やす）みましょう。／喝杯水休息一下

9. 八（やっ）つ[3]（名）八個、八歲

   残（のこ）り八（やっ）つあります。／剩下八個

10. 山（やま）[2]（名）山

   山（やま）に登（のぼ）る。／登山

11. やる[0]（他五）做、給

   土（ど）、日（にち）はバイトをやっています。／週六、日都打工

12. 夕方（ゆうがた）[0]（名）傍晚

   夕方（ゆうがた）になると夕日（ゆうひ）が見（み）えます。／一到傍晚就看得到夕陽

13. 夕飯（ゆうはん）[0]（名）晚飯

   夕飯（ゆうはん）の支度（したく）をします。／做晚飯的準備

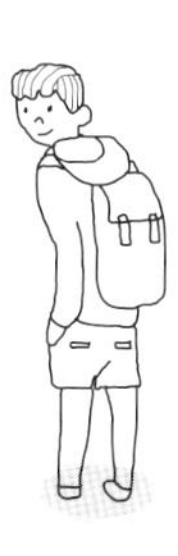

14. 郵便局(ゆうびんきょく) [3]（名）郵局

郵便局(ゆうびんきょく)へ行(い)って郵便(ゆうびん)を出(だ)します。／去郵局寄郵件

15. 夕(ゆう)べ [3][0]（名）昨晚

夕(ゆう)べはどこに行(い)ったんですか。／昨晚去哪裡了？

16. 有名(ゆうめい) [0]（ナ形）有名、著名

ここは有名(ゆうめい)なレストランです。／這裡是有名的餐廳

17. 雪(ゆき) [2]（名）雪

高(たか)い山(やま)に雪(ゆき)が降(ふ)っています。／高山上下著雪

18. ゆっくり [3]（副）慢慢地、安穩地

熱(あつ)いので、ゆっくり食(た)べてください。／很熱，請慢用

19. 八日(ようか) [0]（名）八日、八號

今日(きょう)は八月八日(はちがつようか)です。／今天是八月八日

20. 洋服(ようふく) [0]（名）西服、西裝

洋服(ようふく)を作(つく)る。／做西裝

21. 良(よ)く [1]／好(よ)く [1]（副）充分地、經常地

よく頑張(がんば)りましたね。／很努力了喔

22. 横(よこ) [0]（名）横、寬、側面

顔(かお)を横(よこ)に向(む)いてください。／請把臉面向旁邊

23. 四日(よっか) [0]（名）四日、四號

三泊四日(さんぱくよっか)の旅行(りょこう)に行(い)きます。／去四天三夜的旅行

24. 四(よっ)つ [3]（名）四個、四歲

一年(いちねん)に四(よっ)つの季節(きせつ)があります。／一年有四個季節

25. 呼(よ)ぶ[0]（他五）呼叫、稱爲

タクシーを一台(いちだい)呼(よ)んでほしい。／想請幫忙叫台計程車

26. 夜(よる)[1]（名）晚上、夜裡

夜(よる)になると気温(きおん)が下(さ)がる。／一到晚上氣溫就下降

27. 弱(よわ)い[2]（形）弱的、不擅長的

小(ちい)さい時(とき)から体(からだ)が弱(よわ)いです。／從小身體就瘦弱

28. 来月(らいげつ)[1]（名）下個月

来月旅行(らいげつりょこう)に行(い)くつもりです。／打算下個月去旅行

29. 来週(らいしゅう)[0]（名）下星期

来週(らいしゅう)の天気(てんき)はどうなりますか。／下週天氣會變怎樣？

30. 来年(らいねん)[0]（名）明年

来年大学生(らいねんだいがくせい)になります。／明年就是大學生了

31. ラジオ[1][0]（名）收音機

ラジオをつけてニュースを聞(き)く。／開收音機聽新聞

32. 立派(りっぱ)[0]（ナ形）出色、氣派

立派(りっぱ)な学校(がっこう)ですね。／很出色的學校

33. 留学生(りゅうがくせい)[4]（名）留學生

留学生(りゅうがくせい)と交流(こうりゅう)する。／和留學生交流

34. 両親(りょうしん)[1]（名）父母親、雙親

両親(りょうしん)に会(あ)いたいです。／很想見父母親

35. 料理(りょうり)[1]（名）料理、烹調

母(はは)の料理(りょうり)が一番好(いちばんす)きです。／最喜歡媽媽的料理

36. 旅行[0]（名）旅行

夏休みはいつも旅行です。／暑假都是去旅行

37. 零[1]（名）零

今の気温は零度です。／今天的氣溫是零度

38. 冷蔵庫[3]（名）冰箱

冷蔵庫に入れて冷やす。／放入冰箱冷卻

39. レストラン[1]（名）西餐廳

彼女とレストランで食事する。／和女友去西餐廳吃飯

40. 練習[0]（名・自サ）練習

語学の勉強は練習が大事です。／語言的學習練習很重要

41. 廊下[0]（名）走廊

危ないので、廊下を走らないで。／很危險，不要在走廊奔跑

42. 六[2]（名）六、六個

六時間をかけて宿題を完成した。／花了六個小時完成作業

43. ワイシャツ[0]（名）襯衫

ワイシャツを着て、会社へ行きます。／穿襯衫去公司

44. 若い[2]（形）年輕、有朝氣的

若く見えます。／看起來很年輕

45. 分かる[2]（自五）知道、明白、了解

その単語の意味が分かりますか。／那個單字的意思知道嗎？

46. 忘れる[0]（他下一）忘記、遺忘

宿題を忘れてしまいました。／忘了帶作業

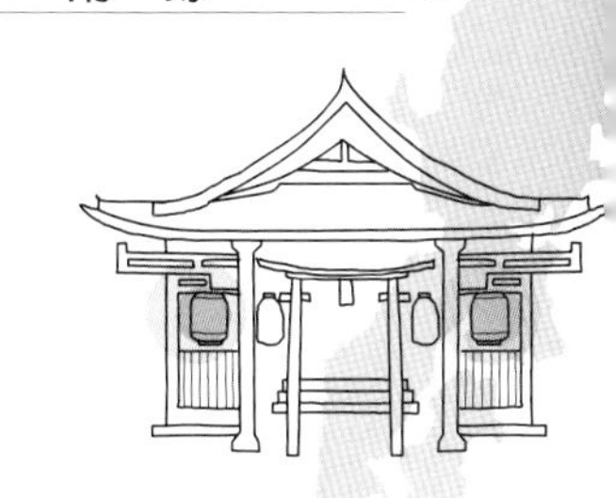

47. 私（わたし）[0]（代）我

重（おも）いので私（わたし）が持（も）ちます。／很重，我來拿

48. 渡（わた）す[0]（他五）交給、交付

事務室（じむしつ）に書類（しょるい）を渡（わた）す。／把資料交給辦公室

49. 渡（わた）る[0]（自五）渡來、過河

この橋（はし）を渡（わた）ると大（おお）きな森（もり）が見（み）える。／過了這座橋就會看到大片森林

50. 悪（わる）い[2]（形）壞的、有害、惡劣

頭（あたま）が悪（わる）いのでなかなか覚（おぼ）えられません。／頭腦不好都記不起來

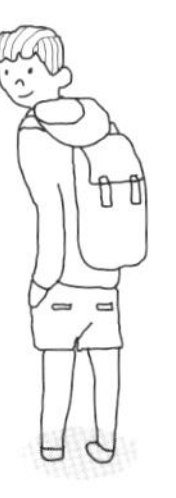

附錄二

各課に使った助詞説明及びまとめ

助詞	説明	例句
第 2 課		
(1) は	表示主題的助詞	その人は僕です。
(2) の	連接名詞和名詞（表示性質）	それは妹の桜です。
第 3 課		
(1) も	表示和其他的相同	それも携帯です。
(2) よ	向對方表達自己的看法時	食堂は上ですよ。
第 5 課		
(1) の	語尾（用上揚的語調）表詢問	明日は何時に行くの？
(2) に	動作所發生的時間	6 時 30 分に行きます。
(3) に	搭乘交通工具	新幹線に乗ります。
(4) に	表動作的方向、歸著點	新大阪に着きます。
(5) から	表時間或場所的起點	午後 2 時からです。
第 6 課		
(1) か	疑問詞＋か＝不確定	どこかへ行きますか。
(2) で	表方法、手段	新幹線で参ります。
(3) へ	表方向	今回京都へ行きますか。
(4) の	語尾，表強調	気をつけていくのよ。
第 7 課		
(1) に	表接受動作的對象	誰にあげますか。
(2) に	表動作的目的	大学の卒業祝いにあげます。
(3) と	表共同動作的對象	午後部長とお会いします。
(4) に	表動作的方向、歸著點	大学に入りたいです。
(5) ね	徵求認同	もう一度大学に入りたいですね。
第 8 課		
(1) わ	女性用語、使語氣更柔和	そこでいいわ。
(2) を	於他動詞後表動作的目的、對象	何を飲みますか。
(3) で	表動作的場所	展示会で何を見ますか。

(4) で	表數量的總合	全部でいくらですか。
(5) ずつ	表示重複固定的數量	コーヒーと紅茶一つずつ。
(6) だけ	表示限於某種範圍	見るだけですよ。
第9課		
(1) に	表示所存在的場所	生鮮食品は何階にある？
(2) が	表示行爲、動作、性質、狀態的主體	地下２階に「虎屋」がある。
(3) や	表示對同種事物的列舉	そこに犬や猫もいますよ。
第10課		
(1) が	連接相反或對比的兩個句子	大阪空港は狭いが、関空は広い。
(2) など	や～など表列舉	押し寿司やたこ焼きはみんな大好きだ。
(3) も～も	表示同樣性質東西的並列	大人も子供も大好きだよ。
(4) と	表示動作或思考的內容是…。	「よくわからない」は何と言いますか。

練習問題の解答

第二課

練習一、練習二請在班級課程中互相練習

練習三

A：こんにちは、はじめまして、田中です。どうぞ、よろしくお願いします。

B：こんにちは、黄です。どうぞ、よろしく。この方は…？

A：妹の桜です。

C：こんにちは、桜です。田中の妹です。どうぞ、よろしくお願い致します。

B：黄(こう)です。どうぞ、よろしく。

練習四

1. 答　この人は誰ですか。
2. 答　あなたは誰ですか。
3. 答　あの方は山田さんのおじいさんです。
4. 答　私は学生です。
5. 答　あの方はどなたですか。

第三課

練習一

①じゅうに
②さんじゅうよん
③ごじゅうろく
④ななじゅうはち
⑤よんじゅうきゅう
⑥ろくじゅうなな
⑦きゅうじゅう
⑧ひゃくにじゅうさん
⑨さんびゃくよんじゅうご
⑩よんひゃくなんじゅうよん
⑪ろっぴゃくななじゅうはち

⑫ はっぴゃくきゅう
⑬ せんにひゃくさんじゅうよん
⑭ さんぜんろっぴゃくよんじゅうなな
⑮ いちまんいっせんごひゃくななじゅういち
⑯ さんまんはっせんごひゃくきゅうじゅうはち

練習二解答  請聽 3-4

練習三

1. それは日本語の本です。
2. あれはいくらですか。
3. あれは 500 円です。
4. その時計は日本製ですか。
5. この時計は日本製じゃないです。
   この時計は日本製ではありません。
6. あれは私の洋服です。
7. あれは日本製でございます。
8. これは日本語の雑誌でございます。
9. 私は田中ではございません。
10. それは携帯ではございません。

第四課

練習一

1. だれ、あの人
2. 何、それ
3. いくら、それ(そのかばん)
4. どこ、ここ
5. どれ
6. どこ
7. 何階(どこ)
8. どっち
9. も、は
10. そう
11. だれの

12. 何の
13. どこの

練習二解答 請聽 4-4

練習三

1. おばあちゃんはどこですか。
2. 靴売り場は何階ですか。
3. 食堂は 2 階です。
4. ここは地下一階でございます。
5. お手洗いはどこですか。
6. ここは靴売り場ではないです（ありません）。
7. 食堂は喫茶店の隣でございます。
8. 食堂は喫茶店の隣ではないです（ありません）。
9. そこは食品売り場ではございません。
10. 駐車場は地下 2 階でございます。

第五課

練習一

原型（中文意思）	ます形	原型（中文意思）	ます形
買（か）う（買）	買います	読（よ）む（讀）	読みます
洗（あら）う（洗）	洗います	飲（の）む（喝）	飲みます
行（い）く（去）	行きます	送（おく）る（寄、送）	送ります
着（つ）く（到達）	着きます	預（あず）かる（保管）	預かります
書（か）く（寫）	書きます	始（はじ）まる（開始）	始まります
泳（およ）ぐ（游泳）	泳ぎます	見（み）る（看）	見ます
話（はな）す（説話）	話します	起（お）きる（起床）	起きます
返（かえ）す（還）	返します	食（た）べる（吃）	食べます
持（も）つ（拿）	持ちます	開（あ）ける（打開）	開けます
待（ま）つ（等）	待ちます	閉（し）める（關上）	閉めます

立(た)つ（站）	立ちます	来(く)る（来）	来ます
死(し)ぬ（死）	死にます	する（做～）	します
運(はこ)ぶ（搬運）	運びます	勉強(べんきょう)する	勉強します
選(えら)ぶ（選擇）	選びます	案内(あんない)する	案内します
呼(よ)ぶ（呼叫）	呼びます	授業(じゅぎょう)する	授業します

練習二

1.に、に

2.A：に　　B：も、に

3.A：の、に、に、に　　B：の、に、に、に

4.A：に　　B：に

5.A：から　　B：から

練習三

1.しちじ　ごふん

2.よじ　じゅっぷん（じっぷん）

3.くじ　よんじゅうごふん

4.はじち　ごじゅっぷん（ごじっぷん）

くじ　じゅっぷんまえ

5.じゅうにじ　さんじゅっぷん

じゅうにじ　はん

練習四解答　請聽 5-4

① 何時に学校に着く？

８時に学校に着きます。

② 授業は何時に始まる

授業は９時に始まります。

③ 何時に図書館へ行く？

６時４０分に図書館へ行きます。

④ 仕事は何時に終わる？

仕事は６時に終わります。

⑤ 飛行機は何時に台北に着く？
飛行機は１０時に台北に着きます。
⑥ 電車は何時に着く？
電車は３時に上野駅に着きます。
⑦ バスは何時に高雄駅に着く？
バスは４時に高雄駅に着きます。
⑧ 会議は何時に終わる？
会議は７時半に終わります。
⑨ 地下鉄は何時に台北に着く？
地下鉄は５時２５分に台北に着きます。
⑩ 映画は何時に始る？
映画は４時半に始まります。

練習五

1. 明日は何時に行きますか。
2. ５時に大阪に着きます。
3. 会議は３時からです。
4. 飛行機は何時ですか。
5. 仕事は何時からですか。
6. 来週、飛行機に乗ります。
7. 試験の準備は OK ですか。
8. 今日、何時に帰りますか。
9. 授業は何時に終わりますか。
10. 来週、いつ来ますか。

第六課

練習一

原型	ない形	ません形	原型	ない形	ません形
買(か)う	かわない	かいません	読(よ)む	よまない	よみません
洗(あら)う	あらわない	あらいません	飲(の)む	のまない	のみません
行(い)く	いかない	いきません	送(おく)る	送らない	おくりません
着(つ)く	つかない	つきません	預(あず)かる	預からない	あずかりません
書(か)く	かかない	かきません	始(はじ)まる	始まらない	はじまりません
泳(およ)ぐ	およがない	およぎません	見(み)る	みない	みません
話(はな)す	はなさない	はなしません	起(お)きる	おきない	おきません
返(かえ)す	かえさない	かえしません	食(た)べる	たべない	たべません
持(も)つ	もたない	もちません	開(あ)ける	あけない	あけません
待(ま)つ	またない	まちません	閉(し)める	しめない	しめません
立(た)つ	たたない	たちません	来(く)る	こない	きません
死(し)ぬ	しなない	しにません	する	しない	しません
運(はこ)ぶ	はこばない	はこびません	勉強(べんきょう)する	勉強しない	勉強しません
選(えら)ぶ	えらばない	えらびません	案内(あんない)する	案内しない	案内しません
呼(よ)ぶ	よばない	よびません	授業(じゅぎょう)する	授業しない	授業しません

練習二

1.A：へ　　B：へ
2.A：に　　B：に
3.A：いつ　　B：に
4.A：かへ　　B：へも
5.A：へ　　B：へ
6.A：に、へ　　B：に、へ
7.A：いつ、へ

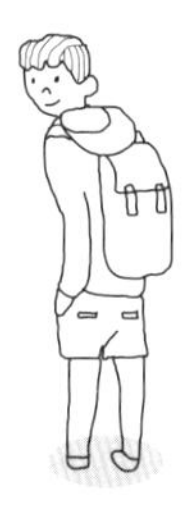

練習三解答　請聽 6-4

① ６時の地下鉄で家へ帰ります。

② ５時に自転車で図書館へ行きます。

③ 来週、新幹線で東京へ行きます。

④ 来月、船で国へ帰ります。

⑤ 明日、タクシーで病院へ行きます。

練習四

1. 来週大阪へ行きませんか。
2. 毎日日本語を勉強しませんか。
3. コーヒーを召し上がりますか。
4. いつ、日本へいらっしゃいますか。
5. 日曜日も仕事をなさいますか。
6. 毎日何時に会社へいらっしゃいますか。
7. 社長はいらっしゃいますか。
8. 雑誌をご覧になりませんか。
9. 明日学校へ参りません。
10. 社長は明日会社へ参りません。（對外謙稱自己的社長時）
社長は明日会社へいらっしゃいません。（對內同事間尊敬自己的社長時）
11. １２時に昼ごはんをいただきます。
12. あのお客様は刺身を召し上がりません。

第七課

練習一

1. なん
2. だれ
3. いつ
4. だれ
5. どこ
6. どうして（なぜ）
7. A：どなた　B：さしあげます。

練習二

① 犬に餌をやります。
② 弟に本をやります。
③ 友達に誕生日のお祝いをあげます。
④ お母さんに化粧品をあげます。
⑤ 先生に花をさしあげます。
⑥ お客様にカタログをさしあげます。

練習三解答

① 手紙を書きたいです。
② 友達と会いたいです。
③ 先生と話したいです。
④ 図書館へ本を返したいです。
⑤ これから、電話をかけたいです。
⑥ パソコンで資料を調べたいです。
⑦ 電話でタクシーを呼びたいです。
⑧ 鉛筆で絵を画きたいです。
⑨ 家で料理を作りたいです。
⑩ 玄関で山田さんを待ちたいです。

練習四解答  請聽 7-4

謙遜の言い方：

① お手紙をお書きします。
② お友達とお会いします。
③ 先生とお話しします。
④ 田中先生に本をお返しします。
⑤ これから、電話をおかけします。
⑥ パソコンで資料をお調べします。
⑦ 電話でタクシーをお呼びします。
⑧ あなたに鉛筆で絵をお画きします。
⑨ 社長の家で料理をお作りします。
⑩ 玄関で山田さんをお待ちします。

尊敬の言い方：

（話し相手に使う場合が多いので、ここでは、疑問句を用いて練習する）

① 手紙をお書きになりますか。
② お友達とお会いになりますか。
③ 先生とお話しになりますか。
④ 田中先生に本をお返しになりますか。
⑤ これから、電話をおかけになりますか。
⑥ パソコンで資料をお調べになりますか。
⑦ 電話でタクシーをお呼びになりますか。
⑧ 鉛筆で絵をお画きになりますか。
⑨ 社長は家で料理をお作りになりますか。
⑩ 玄関で山田さんをお待ちになりますか。

練習五

1. 鞄の中は何ですか。
2. いつ田中さんと会いますか。
3. もう一度日本へ行きたいです。
4. どうして、先生と会いませんか。（会わないですか。）
5. 山田さんの娘さんはもう中学生です。
6. 私は来週、校長先生とお会いします。
7. 部長、いつ野村社長とお会いになりますか。
8. このお祝いを先生に差し上げます。
9. 社長はどこでお客さんとお話になりますか。
10. 毎日社長とお話ししません。

第八課

練習一

1. おいしい
2. なん
3. いくら
4. どう
5. に
6. に

7. へ
8. だけ、で
9. で
10. ずつ
11. それから
12. で
13. ずつ
14. に

練習二解答　請聽 8-4

練習三解答

① 一緒に公園を散歩しませんか。（しない？）
② 夏休みに一緒に旅行へ行きませんか。（行かない？）
③ 喫茶店でお茶を飲みませんか。（飲まない？）
④ 今晩、一緒に日本料理を食べませんか。（食べない？）
⑤ 今日一緒に電車で帰りませんか。（帰らない？）
⑥ 学校でテニスをしませんか。（しない？）
⑦ 会社で資料を調べませんか。（調べない？）
⑧ 家でゲームを遊びませんか。（遊ばない？）
⑨ 明日、図書館で会いませんか。（会わない？）
⑩ 一緒にデパートへ買い物に行きませんか。（行かない？）
⑪ 一緒にデパートで買い物をしませんか。（しない？）
⑫ 一緒大学でフランス語を勉強しませんか。（しない？）
⑬ 一緒に先生の誕生日祝いをしませんか。（しない？）
⑭ 日本語の歌で日本語を練習しませんか。（しない？）
⑮ 一緒にホテルのロビーでお客様を待ちませんか。（待たない？）

練習四

1. コーヒーはどうですか。
2. 何を飲みますか。
3. 注文をしますか。
4. 何を見ますか。
5. 果物を食べませんか。

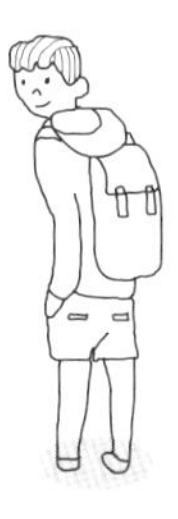

6.教室に入りませんか。

7.ビールはいかがですか。

8.新聞をお読みになりますか。

9.ご見学なさいますか。

10.お昼ご飯は何を召し上がりますか。

第九課

練習一

1.に

2.どこ、いる

3.に、が

4.に、が

5.と、が

6.と、が

7.と、を

8.で、を

9.に、います。

10.に、あります。

練習二解答 請聽 9-4

① A：教室に誰がいますか。
　B：先生と学生がいます。

② A：動物園に何がいますか。
　B：牛と馬がいます。

③ A：森の中に何がいますか。
　B：熊と鹿がいます。

④ A：デパートの中に誰がいますか。
　B：店員とお客さんがいます。

⑤ A：病院の中に誰がいますか。
　B：医者と看護婦がいます。

⑥ A：駐車場に何がありますか。
　B：バイクと車があります。

⑦ A：デパートの屋上に何がありますか。
　B：遊園地と食堂があります。
⑧ A：デパートの地下に何がありますか。
　B：スーパーと喫茶店があります。
⑨ A：スーパーの中に何がありますか。
　B：パン屋と果物屋があります。
⑩ A：冷蔵庫に何がありますか。
　B：魚と野菜があります。

練習三

1.お手洗いはどこですか。
2.靴売り場の後ろ側にお手洗いがあります。
3.階段の前に子供がいます。
4.地下 2 階に駐車場があります。
5.地下 1 階で何をお買いになりますか。
6.社長は事務室におります。（（対外謙称自己的社長時））
　社長は事務室にいらっしゃいます。（対内同事間尊敬自己的社長時）
7.地下 2 階に駐車場がございます。
8.本日、目玉商品はいっぱいございます。
9.今日、外国のお客様が大勢いらっしゃいます。

第十課

練習一

(1)い形容詞：

原型 （中文意思）	～ない	～くありません
大きい（大的）	大きくない	大きくありません
新しい（新的）	新しくない	新しくありません
古い（舊的）	古くない	古くありません
遠い（遠的）	遠くない	遠くありません
近い（近的）	近くない	近くありません
広い（寬廣的）	広くない	広くありません
多い（多的）	多くない	多くありません
少ない（少的）	少なくない	少なくありません
難しい（困難的）	難しくない	難しくありません
易しい（簡單的）	易しくない	易しくありません
暑い（炎熱的）	暑くない	暑くありません
寒い（寒冷的）	寒くない	寒くありません
冷たい（冰涼的）	冷たくない	冷たくありません
明るい（明亮、開朗的）	明るくない	明るくありません
暗い（昏暗、陰沈的）	暗くない	暗くありません
高い（高的、貴的）	高くない	高くありません
低い（低的、矮的）	低くない	低くありません
安い（便宜的）	安くない	安くありません
太い（胖的、粗的）	太くない	太くありません
おいしい（好吃的）	おいしくない	おいしくありません

(2) な形容詞：

原型（中文意思）	～ではない	ではありません
綺麗（きれい）（美麗的、乾淨的）	綺麗ではない	綺麗ではありません
元気（げんき）（有活力的）	元気ではない	元気ではありません
丈夫（じょうぶ）（堅固耐用的）	丈夫ではない	丈夫ではありません
便利（べんり）（方便的）	便利ではない	便利ではありません
不便（ふべん）（不便的）	不便ではない	不便ではありません
好（す）き（喜歡的）	好きではない	好きではありません
嫌（きら）い（討厭的）	嫌いではない	嫌いではありません

練習二

1. どのぐらい
2. どんな
3. と
4. が
5. へ、が
6. で
7. で
8. も、も
9. も、も
10. と、とても
11. で

練習三解答　請聽 10-4

1. 高雄の天気は暑いですが、果物はおいしいです。
2. 日本の環境はいいですが、物価は高いです。
3. あの人は台湾人ですが、日本語が上手です。
4. あの人は日本人で、日本語が上手です。
5. あの人は日本人ですが、日本語が下手です。
6. この学校は狭いですが、とても綺麗です。

7. ここはいい学校で、学生はよく勉強します。
8. ここはいい学校ですが、駅から遠いです。
9. 私は西瓜がすきですが、葡萄は嫌いです。
10. 私は西瓜が好きで、葡萄も好きです。
（私は西瓜も葡萄も好きです。）

練習四

1. 台湾の人口はどのぐらいですか。
2. 今日の宿題は何ですか。
3. 鍵はどこにありますか。
4. 日本語は難しいです。
5. 私は桃が好きです。
6. 高雄の冬は寒くないです。（寒くありません。）
7. 図書館の中はとても静かです。
8. この教室は綺麗じゃないです。（綺麗ではありません。）
9. 彼は京都の人で、１８歳です。
10. 京都は古い町ですが、とても綺麗です。

第十一課

練習一

原型（中文意思）	て形	意向形	原型（中文意思）	て形	意向形
買う（買）	買って	買おう	読む（讀）	読んで	読もう
洗う（洗）	洗って	洗おう	飲む（喝）	飲んで	飲もう
行く（去）	行って	行こう	送る（寄、送）	送って	送ろう
着く（到達）	着いて	着こう	預かる（保管）	預かって	預かろう
泳ぐ（游泳）	泳いで	泳ごう	見る（看）	見て	見よう
話す（説話）	話して	話そう	起きる（起床）	起きて	起きよう
返す（還）	返して	返そう	食べる（吃）	食べて	食べよう
持つ（拿）	持って	持とう	開ける（打開）	開けて	開けよう
待つ（等）	待って	待とう	閉める（關上）	閉めて	閉めよう
立つ（站）	立って	立とう	来る（来）	来て	来よう
死ぬ（死）	死んで	死のう	する（做～）	して	しよう
運ぶ（搬運）	運んで	運ぼう	チェックインする	チェックインして	チェックインしよう
選ぶ（選擇）	選んで	選ぼう	案内する	案内して	案内しよう
呼ぶ（呼叫）	呼んで	呼ぼう	授業する	授業して	授業しよう

練習二解答

1. 答　食事の前に手を洗ってください。
2. 答　先生と日本語で話してください。
3. 答　新幹線で会議へ行ってください。
4. 答　パンと果物を食べてください。
5. 答　学校の図書館で勉強してください。
6. 答　安くておいしい紅茶を買ってきてください。
7. 答　明日早く帰ってきてください。
8. 答　3時から4時まで英会話を練習してください。
9. 答　りんごと桃を一つずつもらってください。
10. 答　ここに住所と電話番号を書いてください。

練習三解答

1. 答 5時に仕事を終わりましょう。
2. 答 広くて静かな図書館で勉強したいです。
3. 答 早く日本語が上手になりたいです。
4. 答 田中さんは頭がよくて、ハンサムで優しいです。
5. 答 奈々ちゃんのお母さんはピアノが上手で美しくて上品です。
6. 答 あの先生は科学の専門家で、世界中で有名です。
7. 答 日本は春は暖かくて、夏は暑くて、秋は涼しくて、冬は寒いです。
8. 答 台湾は人が親切で、果物がおいしくて、物価は安いです。
9. 答 台湾は工場が多くて、空気が悪いです。
10. 答 日本は文法が多くて、発音は難しいです。

練習四. 次の文をより丁寧な文に直しましょう。

1. 答 一緒に練習しませんか。
2. 答 今、友達と話をしています。
3. 答 桜の花がとても見事に咲いています。
4. 答 この雑誌を読んでください。
5. 答 ラーメンをいただきましょう。
6. 答 早く行きましょう。
7. 答 お願い致します。
8. 答 ここにサインをしてくださいませ。
9. 答 外国のお客様はよくタクシーを利用していらっしゃいます。
10. 答 社長は何時にチェックインなさいますか。

練習五. 「動詞て+いる。」の文を5個作って下さい。

請交給任課老師批改

練習六. 「動詞て+動詞」の文を5個作ってください。

請交給任課老師批改

第十二課

練習一：次の動詞の「た形」を書きましょう。

原型（中文意思）	た形	否定た形	原型	た形	否定た形
買う（買）	買った	買わなかった	読む（讀）	読んだ	読まなかった
洗う（洗）	洗った	洗わなかった	飲む（喝）	飲んだ	飲まなかった
行く（去）	行った	行かなかった	送る（寄、送）	送った	送らなかった
着く（到達）	着いた	着かなかった	預かる（保管）	預かった	預からなかった
書く（寫）	書いた	書かなかった	始まる（開始）	始まった	始まらなかった
泳ぐ（游泳）	泳いだ	泳がなかった	見る（看）	見た	見なかった
話す（說話）	話した	話さなかった	起きる（起床）	起きた	起きなかった
返す（還）	返した	返さなかった	食べる（吃）	食べた	食べなかった
持つ（拿）	持った	持たなかった	開ける（打開）	開けた	開けなかった
待つ（等）	待った	待たなかった	閉める（關上）	閉めた	閉めなかった
立つ（站）	立った	立たなかった	来る（來）	来た	来なかった
死ぬ（死）	死んだ	死ななかった	する（做～）	した	しなかった
運ぶ（搬運）	運んだ	運ばなかった	勉強する (學習)	勉強した	勉強しなかった
選ぶ（選擇）	選んだ	選ばなかった	案内する (導引)	案内した	案内しなかった
呼ぶ（呼叫）	呼んだ	呼ばなかった	授業する (上課)	授業した	授業しなかった

練習二：次のイ形容詞の肯定過去形及び否定過去形を書きましょう。

原型（中文意思）	～かった	～くなかった	～くありませんでした
大(おお)きい（大的）	大(おお)きかった	大(おお)きくなかった	大(おお)きくありませんでした
新(あたら)しい（新的）	新しかった	新しくなかった	新しくありませんでした
古(ふる)い（舊的）	古かった	古くなかった	古くありませんでした
遠(とお)い（遠的）	遠かった	遠くなかった	遠くありませんでした
近(ちか)い（近的）	近かった	近くなかった	近くありませんでした
広(ひろ)い（寬廣的）	広かった	広くなかった	広くありませんでした
多(おお)い（多的）	多かった	多くなかった	多くありませんでした
少(すく)ない（少的）	少なかった	少なくなかった	少なくありませんでした
難(むずか)しい（困難的）	難しかった	難しくなかった	難しくありませんでした
易(やす)しい（簡單的）	易しかった	易しくなかった	易しくありませんでした
暑(あつ)い（炎熱的）	暑かった	暑くなかった	暑くありませんでした
寒(さむ)い（寒冷的）	寒かった	寒くなかった	寒くありませんでした
冷(つめ)たい（冰涼的）	冷たかった	冷たくなかった	冷たくありませんでした
明(あか)るい（明亮、開朗的）	明るかった	明るくなかった	明るくありませんでした
暗(くら)い（昏暗、陰沈的）	暗かった	暗くなかった	暗くありませんでした
高(たか)い（高的、貴的）	高かった	高くなかった	高くありませんでした
低(ひく)い（低的、矮的）	低かった	低くなかった	低くありませんでした
安(やす)い（便宜的）	安かった	安くなかった	安くありませんでした
太(ふと)い（胖的、粗的）	太かった	太くなかった	太くありませんでした
おいしい（好吃的）	おいしかった	おいしくなかった	おいしくありませんでした

(2) 次のナ形容詞の肯定過去形及び否定過去形を書きましょう。

原型（中文意思）	～だった	～ではないかった	～ではありませんでした
綺麗（きれい）（美麗的、乾淨的）	綺麗だった	綺麗ではなかった	綺麗ではありませんでした
元気（げんき）（有活力的）	元気だった	元気ではなかった	元気ではありませんでした
丈夫（じょうぶ）（堅固耐用的）	丈夫だった	丈夫ではなかった	丈夫ではありませんでした
便利（べんり）（方便的）	便利だった	便利ではなかった	便利ではありませんでした
不便（ふべん）（不便的）	不便だった	不便ではなかった	不便ではありませんでした
好（す）き（喜歡的）	好きだった	好きではなかった	好きではありませんでした
嫌（きら）い（討厭的）	嫌いだった	嫌いではなかった	嫌いではありませんでした

練習三. 次の文をより丁寧な言い方に直しましょう。

1. 答　お食事しましたか。
2. 答　何を買いましたか。
3. 答　北海道は寒かったですか。
4. 答　桜の花は綺麗でした。
5. 答　温泉に入って、気持ちが良かったです。
6. 答　去年、日本へ行きたかったです。
7. 答　お飲み物を買ってまいりました。
8. 答　今朝何を召し上がりましたか。
9. 答　先生はなにをおっしゃいましたか。
10. 答　部長はお客様を案内なさいましたか。
11. 答　先週ゴルフにいらっしゃいましたか。

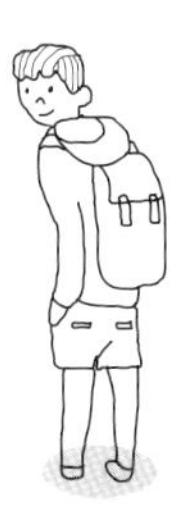

Note

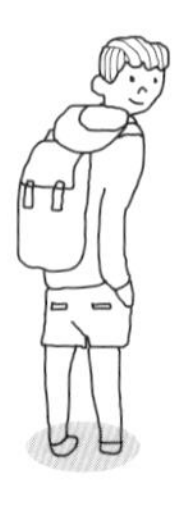

Note

Note

國家圖書館出版品預行編目資料

多場面機能日本語會話Ⅰ／黃女玲作.
——初版.——臺北市：五南, 2015.12
面； 公分
ISBN 978-957-11-8422-7（平裝）

1.日語 2.讀本

803.18 104025476

1XOH

多場面機能日本語會話Ⅰ

作　　者— 黃女玲

出 版 者— 國立高雄餐旅大學(NKUHT Press)

封面設計— 羅香塔設計工作室

插　　圖— 凌雨君

總 經 銷— 五南圖書出版股份有限公司

地　　址：106台北市大安區和平東路二段339號4樓

電　　話：(02)2705-5066　　傳　　真：(02)2706-6100

網　　址：http://www.wunan.com.tw

電子郵件：wunan@wunan.com.tw

劃撥帳號：01068953

戶　　名：五南圖書出版股份有限公司

法律顧問　林勝安律師事務所　林勝安律師

出版日期　2015年12月初版一刷

　　　　　2016年 2 月初版二刷

定　　價　新臺幣350元

GPN:1010402675
ISBN:978-957-11-8422-7

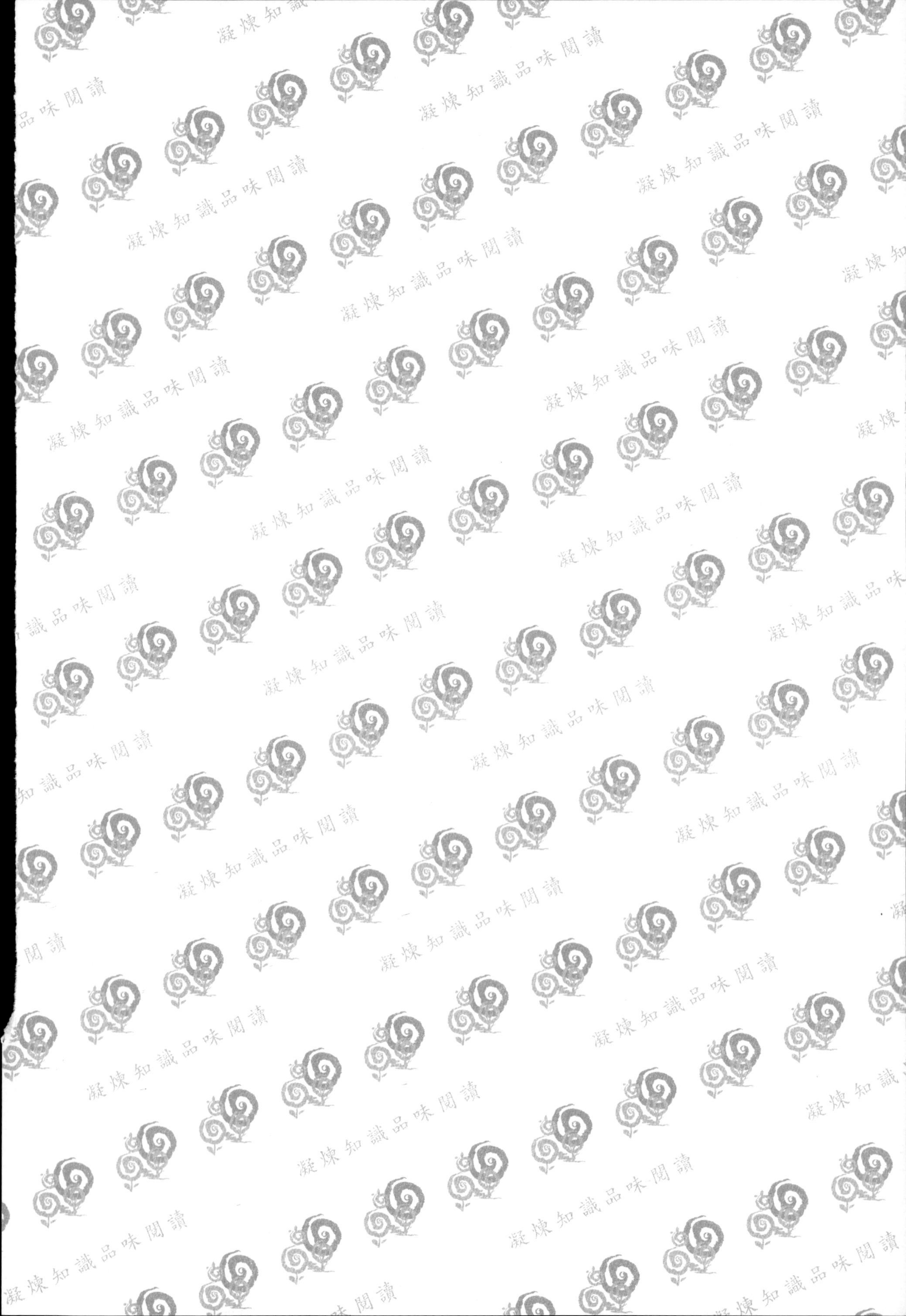
凝煉知識品味閱讀